飞花令·梅

中国文化·古典诗词品鉴

素心落雪 编著

中国文史出版社

图书在版编目（CIP）数据

飞花令．梅／素心落雪编著．—北京：中国文史出版社，2018.6

ISBN 978-7-5205-0252-8

Ⅰ．①飞…　Ⅱ．①素…　Ⅲ．①古典诗歌—诗集—中国　Ⅳ．①I222

中国版本图书馆CIP数据核字（2018）第095760号

责任编辑：张春霞

出版发行：**中国文史出版社**

社　　址：北京市海淀区西八里庄69号　邮编：100142

电　　话：010-81136606　81136602　81136603（发行部）

传　　真：010-81136655

印　　装：北京新华印刷有限公司

经　　销：全国新华书店

开　　本：787mm × 1092mm　1/32

印　　张：7　　字数：163千字

版　　次：2018年8月第1版

印　　次：2020年5月第2次印刷

定　　价：29.80元

解读飞花令

飞花令，原是饮酒助兴的游戏之一，输者罚酒。源自古人的诗词之趣，得名于唐代诗人韩翃《寒食》中的名句“春城无处不飞花”。古代的飞花令要求，对令人所对出的诗句要和行令人吟出的诗句格律一致，而且规定好的字出现的位置同样有着严格的要求。

而现行“飞花令”的游戏规则相对宽松得多，只要围绕关键字背诵出相应的诗句即可。即使这样，“飞花令”仍是真正高手之间的对抗，因为这不仅考察对令者的诗词储备，更是临场反应和心理素质的较量。

飞花令

目录

梅

梅

鲍　照

鲍照（约414—466），字明远，东海（今山东剡城）人，南朝宋文学家。他出身贫寒，因献诗临川王刘义庆得到赏识，擢为国侍郎，后任秣陵令、中书舍人。他的七言诗，对于当时诗体的发展起了很大的推动作用，直接影响了唐代诗人的浪漫主义风格。有《鲍参军集》存世。

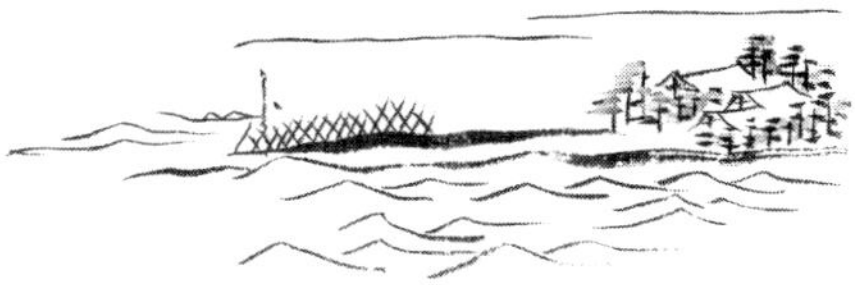

中庭多杂树，偏为梅咨嗟

梅花落

南北朝·鲍照

中庭多杂树，偏为梅咨嗟。问君何独然？念其霜中能作花，露中能作实。摇荡春风媚春日，念尔零落逐寒风，徒有霜华无霜质。

注释

中庭：庭院中。

咨嗟：赞叹。叹息。

君：指“偏为梅咨嗟”的诗人。这句是假托杂树的问话：你为什么单单赞赏梅花？

其：指梅。

作花：开花。

作实：结实。

尔：指杂树。

霜华：霜中的花。华，同“花”。

简析

《梅花落》属汉乐府“横吹曲”。表示了对节操低下的士大夫的蔑视和对旷达之士的赞扬。

“中庭多杂树，偏为梅咨嗟”，这里的“杂树”和“梅”含有象征意义。杂树，即与时俯仰，没有节操的士大夫；梅，指节操高尚的旷达贤士。庭院中有各种树木，而诗人最赞赏的是梅花，观点十分鲜明。“问君何独然？”这句是假托杂树的问话：你为什么单单赞赏梅花呢？诗人答道，“念其霜中能作花，露中能作实。摇荡春风媚春日，念尔零落逐寒风，徒有霜华无霜质。”“其”指梅花；“尔”指杂树。梅花不畏严寒，能在霜中开花，露中结实，而杂树只能在暖暖的春风中摇曳，明媚的春日下盛开，却又随寒风零落而没有耐寒的品质。诗人将杂树拟人，并将它与梅花放在一起，其一褒一贬，表现了诗人鲜明的态度。用对比的方式赞美了梅花的耐寒高尚，批判了杂树的软弱动摇。这与作者个人经历有着密切的关系。鲍照家世贫贱，在仕途上饱受压制。他那质朴的诗句明确表示了对节操低下的士大夫的蔑视和对旷达之士的赞扬，还包含着寒士被压抑的义愤和对高门世族垄断政权的控诉。

背景

全诗讽刺那些虚有其表的无节操的士大夫，即使在艰难日子显示出抗霜抗露的特质，可是，一旦有权贵招手，就赶紧摇荡着腰肢去谄媚他们了。这个和鲍照的出身、写作背景也能互相呼应。

名家点评

〔明〕钟惺：似稚似老，妙妙。(《古诗归》)

〔宋〕陆时雍：明远才力标举，凌厉当年；如五丁凿山，开世人所未有。(《汉魏六朝诗歌鉴赏辞典》)

何 逊

何逊（472—519），南朝梁诗人，字仲言，东海郯（今山东郯城）人。八岁能诗，弱冠州举秀才，官至尚书水部郎。诗与阴铿齐名，世号“阴何”。文与刘孝绰齐名，世称“何刘”。其诗善于写景，工于炼字，为杜甫所推许。有集八卷，今失传，明人辑有《何水部集》一卷。后人称“何记室”或“何水部”。

兔园标物序，惊时最是梅

咏早梅

南朝梁·何逊

兔园标物序，惊时最是梅。
衔霜当路发，映雪拟寒开。
枝横却月观，花绕凌风台。
朝洒长门泣，夕驻临邛杯。
应知早飘落，故逐上春来。

注释

兔园：园囿名。也称梁园，汉梁孝王刘武所筑，为游赏与延宾之所，在今河南省商丘市东。

物序：时令变迁。

拟：对着。

上春：孟春。指农历正月。

简析

这首诗以咏梅为题，处处围绕着一个“梅”字落笔，描绘出了一幅凌寒独放的早梅图。首联“惊”字的拟人手法，突出梅花对时令变迁的敏感，同时也赞叹它傲视霜雪的高贵姿态。接下来诗人用“衔”“映”二字，生动形象地描绘了一幅霜落梅花，又与白雪相映的景象。一个“横”字，写出了梅花凌寒怒放的高贵品格；一个“绕”字，写尽了梅花俏丽报春的妩媚情态。

诗人由满园的景色联想到人事——汉武帝和陈皇后，司马相如和卓文君，一悲一喜，一离一合，形成鲜明的对比。最后二句又写梅花早开，与开头呼应。“应知”，诗人用拟人的手法表达梅花知道自己凋零得早而急切开放的心情。

背景

梁武帝天监七年（508）早春，诗人看到寒风中唯有梅花凌寒独放，心有所感，写下了这首诗。

阴　铿

阴铿（约511—约563），字子坚，武威姑臧（今甘肃武威）人。南北朝时代梁朝、陈朝著名诗人、文学家。幼年好学，能诵诗赋，长大后博涉史传，尤善五言诗，为当时所重。仕梁官湘东王萧绎法曹行参军；入陈为始兴王陈伯茂府中录事参军，以文才为陈文帝所赞赏，累迁晋陵太守、员外散骑常侍。阴铿的艺术风格同何逊相似，后人并称为“阴何”。

春近寒虽转，梅舒雪尚飘

雪里梅花诗

南北朝·阴铿

春近寒虽转，梅舒雪尚飘。
从风还共落，照日不俱销。
叶开随足影，花多助重条。
今来渐异昨，向晚判胜朝。

注释

足影：梅影更密。

重条：梅枝更多。

异昨：与昨日不同。

判：分明。

胜朝：胜于早晨。

简析

一、二两句直接描写梅花凌霜傲雪的品质。春天临近，天气虽然转暖，梅花盛开，但雪花仍在飘舞；三、四两句，诗人不仅写雪，还写梅。被风刮落的梅花随着春雪在春风中飞舞。当阳光照射时，残雪融化了，而枝头上的梅花显得更加清幽、雅致；五、六两句写梅之花、叶的情状。梅先开花后长叶，当花儿凋谢之时，叶子才逐渐长出。这时是暮春，“花多助重条”形容梅开花之多；最后两句则形容梅花的多变。今天所见的梅花和昨天的不一样，早上的与晚上的有分别，描写出梅花由花苞到盛开，越开越美，不断给人以赏心悦目之感。

背景

这首诗具体创作年代不详，可能是阴铿由梁入陈之时，见雪中梅花盛开的赞赏之作。

苏味道

苏味道（648—705），赵州栾城（今属河北）人。高宗乾封年间进士。武则天圣历初，官至宰相。后因亲附张易之兄弟，中宗时贬为眉州刺史。少时与李峤齐名，并称“苏李”，并与李峤、崔融、杜审言合称初唐“文章四友”。其诗多咏物诗，诗风清正挺秀，绮而不艳。著有《苏味道集》。

游伎皆秾李，行歌尽落梅

正月十五夜

唐 · 苏味道

火树银花合，星桥铁锁开。
暗尘随马去，明月逐人来。
游伎皆秾李，行歌尽落梅。
金吾不禁夜，玉漏莫相催。

注释

火树银花：形容张灯结彩或大放焰火的灿烂夜景。这里特指上元节的灯景。

星桥：星津桥，天津三桥之一。

铁锁开：比喻京城解除宵禁。

暗尘：暗中飞扬的尘土。

秾李：形容妇女容颜及服饰之美。

金吾：金吾卫，掌管京城戒备，禁止行人夜间出行。

不禁夜：指取消宵禁。

玉漏：古代计时漏壶的美称。

简析

首联总体写节日的气氛：彻夜灯火辉煌，京城解除了宵禁。“合”字是四望如一的意思，是说洛阳城处处如此。

中间两联是节日欢乐气氛的具体写照——马蹄踏过去，尘土飞扬；明月当空，照耀着攒动的人群；歌女个个打扮得花枝招展，边走边唱《梅花落》。

最后两句讲禁卫军特许通宵欢庆，计时器不要紧催天亮。就是说，今晚的洛阳城是一个不眠之夜，没有宵禁，欢腾的人群乐而忘返，希望这良辰美景不要这么快结束。

背景

武则天时期，苏味道居相位数年，此诗描写的是武则天时期神都上元节的景象。

名家点评

〔清〕王夫之：“火树银花合”，浑然一气。(《姜斋诗话》)

〔清〕屈复：此诗人传诵已久，他作莫及者。元夜情景，包括已尽，笔致流动。天下游人，今古同情，结句遂成绝调。(《唐诗成法》)

宋之问

宋之问（约656—约712），字延清，名少连，汉族，汾州隰城人（今山西汾阳市）人，初唐时期的诗人，与沈佺期并称“沈宋”。与陈子昂、卢藏用、司马承祯、王适、毕构、李白、孟浩然、王维、贺知章称为仙宗十友。明人辑有《宋之问集》。

明朝望乡处，应见陇头梅

题大庾岭北驿

唐·宋之问

阳月南飞雁，传闻至此回。
我行殊未已，何日复归来？
江静潮初落，林昏瘴不开。
明朝望乡处，应见陇头梅。

注释

大庾岭：今江西大庾，岭上多生梅花，又名梅岭。古人认为此岭是南北的分界线，因有十月北雁南归至此，不再过岭的传说。

阳月：阴历十月。

殊：还。

简析

“阳月南飞雁，传闻至此回”写诗人到达大庾岭北驿时，看到眼前的景象，悲切之音脱口而出：“我行殊未已，何日复归来？”阴历十月，雁子南飞至此后北回，我却像孤雁，翻山越岭到荒远的瘴疠之乡。群雁尚且还能北归，而我呢，何时才能返回故乡和亲人团聚？人雁相比，人不如雁的感慨深蕴其中。这一鲜明对照，把诗人那忧伤、哀怨、思念等复杂的情感表现得含蓄婉转。

接下来的两句，诗人又描写了眼前的景象。黄昏时分，江面平静，潮水初落，林间瘴气缭绕。这景象又给诗人平添了一份忧伤。因为江水尚有平静的时候，而诗人一直心潮起伏，失意的痛苦、乡思的烦恼使他不堪忍受。

最后两句，诗人从写景转为抒情。他在心中祈愿明早踏上岭头的时候，再望一望故乡，应该可以看到岭上盛开的梅花。虽然看不到家乡，也回不去，但希望能寄一枝梅，安慰家乡的亲人。

背景

唐中宗神龙元年（705），宋之问被贬泷州（今广东罗定东南）途经大庾岭北驿时所作。

名家点评

〔明〕邢昉：凄咽欲绝。（《唐风定》）

〔清〕姚鼐：沉亮凄婉。(《五七言今体诗钞》)

〔清〕蘅塘退士：四句一气旋折，神味无穷（首四句下）。(《唐诗三百首》)

孟浩然

孟浩然（689—740），名浩，字浩然，因祖籍为襄州襄阳（今湖北襄樊）而世称“孟襄阳”，与王维合称“王孟”。其诗歌题材多以山水田园、隐居逸兴及羁旅行役为主，以五言短篇居多，风格冲淡自然，是唐代“山水派”诗人的杰出代表。

闻说梅花早，何如北地春

洛中访袁拾遗不遇

唐 · 孟浩然

洛阳访才子，江岭作流人。
闻说梅花早，何如北地春。

注释

洛中：指洛阳。

拾遗：古代官职的名称。

才子：指袁拾遗。

江岭：指大庾岭，过此即为江南岭外之地，唐代罪人往往流放于此。

简析

这首诗里包含了相当复杂的情绪，既有不平，也有伤感；感情深沉，却含而不露，是一首精练而含蓄的小诗。

前两句用“洛阳”与“江岭”“才子”与“流人”相对，揭露了当时的政治黑暗、君主昏庸。“才子”本应该得到重用，然而却做了“流人”，由“洛阳”贬到“江岭”。这是极不合理的社会现状，何况这个“流人”又是自己的挚友呢。这两句对比强烈，凸显作者心中的不平。

“闻说梅花早，何如北地春”两句，写得洒脱飘逸，联想自然。大庾岭古时多梅，又因气候温暖，梅花早开。从上句的“早”字，可以看出下句“北地春”中藏了一个“迟”字。早开的梅花是特别招人喜爱的。可是流放之地的江岭，再好又怎及得留居北地故乡呢？此诗由“江岭”而想到早梅，从而表现了对友人的深深怀念。而这种怀念之情，并不是直接表达，而是借用岭外早开的梅花娓娓道出。诗人说岭上的早梅好，但洛阳春日更让人留恋，因为它是这位好友的故乡，更见作者对友人感情的深厚。

背景

孟浩然去洛阳寻访故人袁拾遗，不料挚友已经被贬江岭。

王维

王维（约701—约761），字摩诘，号摩诘居士，世称“王右丞”，河东蒲州（今山西永济）人，是唐代著名的山水派诗人和画家。王维参禅悟理，学庄信道，精通诗、书、画、音乐等，以诗名盛于开元、天宝间，尤长五言，多咏山水田园，与孟浩然合称“王孟”，并有“诗佛”之称。

来日绮窗前，寒梅著花未

杂诗三首（其二）

唐 · 王维

君自故乡来，应知故乡事。
来日绮窗前，寒梅著花未？

注释

来日：从故乡动身来的时候。

绮窗：雕刻花纹的窗子。

著花未：开花了吗？南北朝苏子卿《梅花落》：“中庭一树梅，寒多蕊未开。”此处借用此意。

简析

两个“故乡”，体现出诗人的思乡之情；“应知”体现出诗人欲了解家乡之事的急切心情，整句透露出一种儿童式的天真与亲切。简单的白描手法，最简练的笔墨，不加烘托，却将诗人在特定情形下的感情、神态等表现得栩栩如生。

这首诗以第一人称叙写。四句都是游子询问从故乡来的人。游子离家很久，不免思念家乡。遇到从故乡来的人，他迫不及待地打听家乡的事情。他想要问的事很多，但不可思议的是，他最后问的却是窗前的那株寒梅开花了吗。这一问，确如前人所说，问得“淡绝妙绝”。他不直接说思念故乡和亲人，而通过关心寒梅开花这一微小的事物，把对它们的思念，对过往的眷恋，表现得格外含蓄、深厚。

背景

王维在孟津住了十余年，忽然他乡遇故知，激起了他强烈的思乡之情，因此作此诗来表达。

名家点评

〔清〕宋顾乐：以微物悬念，传出件件关心，思家之切。(《唐人万首绝句选》)

李 白

李白（701—762），字太白，号青莲居士，祖籍陇西成纪（今甘肃天水），是唐代最伟大的诗人之一，被后人誉为“诗仙”。李白生活在盛唐时期，他性格豪迈，游踪遍及南北各地，写出大量赞美名山大川的壮丽诗篇。李白的诗作，以乐府、歌行及绝句成就为最高。

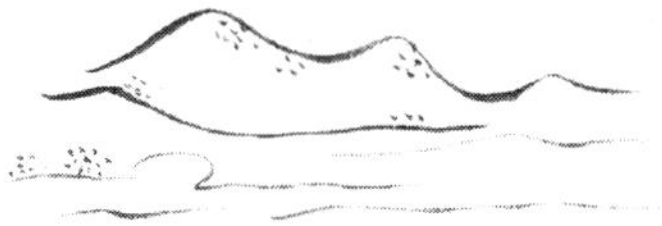

黄鹤楼中吹玉笛，江城五月落梅花

与史郎中钦听黄鹤楼上吹笛

唐·李白

一为迁客去长沙，西望长安不见家。
黄鹤楼中吹玉笛，江城五月落梅花。

注释

迁客：被贬之人。

江城：即江夏，今湖北武汉武昌。

落梅花：古代笛子名曲《梅花落》。

简析

“一为迁客去长沙”，说的是西汉的贾谊受到权臣的诽谤，被贬官到长沙，而李白因永王事件受到牵连，流放夜郎。此句是诗人用贾谊的不幸来暗指自身的遭遇，流露了无辜受害的愤懑，也含有辩白之意。尽管政治上遭受打击，但诗人仍然心系国事。“西望长安不见家”，在流放途中，诗人也不忘西望长安，表达了他对国运的关切和对朝廷的眷恋，但是对于像他这样的被贬之人来说，长安十分遥远，望而不见。此时，满心惆怅的诗人听到黄鹤楼中传来《梅花落》的笛声，又备感凄凉，仿佛五月的江城落满了梅花。

这首诗好在它的艺术结构，它没有先写听笛之感，而是先有情，再有笛。前半部传神地表达了诗人怀念帝都之情和望而不得见的愁苦；后半部才点出了笛声，使前后情景相合，借景抒情，妙哉妙哉。

背景

唐肃宗乾元元年（758），李白流放夜郎经过江城时游黄鹤楼所作。

名家点评

〔明〕谢榛：作诗有三等语，堂上语、堂下语、阶下语，知此三者可以言诗矣。凡上官临下官，动有昂然气象，开口自别。若李太白“黄鹤楼中吹玉笛，江城五月落梅花”，此堂上语也。(《四溟诗话》)

〔宋〕胡仔：《复斋漫录》“古曲有《落梅花》，非谓吹笛则梅落。诗人用事，不悟其失。”余意不然之。盖诗人因笛中有《落梅花》曲，故言吹笛则梅落，其理甚通，用事殊未为失。(《苕溪渔隐丛话》)

闻道春还未相识，走傍寒梅访消息

早春寄王汉阳

唐 · 李白

闻道春还未相识，走傍寒梅访消息。
昨夜东风入武阳，陌头杨柳黄金色。
碧水浩浩云茫茫，美人不来空断肠。
预拂青山一片石，与君连日醉壶觞。

注释

王汉阳：其人姓王，官职汉阳县令。名不详。

走傍：走近。

武阳：此指江夏。

陌头：路上，路旁。

美人：古人往往以美人、香草比君子，此指王汉阳。

简析

“闻道春还未相识”，听说春天要来了，但还没有见到她。流露出急于看到春来的心情。既然是闻春未见春，就自然要“走傍寒梅访消息”。怎么拜访梅呢？作者运用拟人化的手法，生动地表达了想到梅树下探究春天归否的急切心情。“昨夜东风入武阳”一句是写春归。“昨夜东风”意在形容春风一夜之间来了。然后一个“入”字，写出了春归的气势是排山倒海般的。“陌头杨柳黄金色”一句写早春的动人景象。全诗到此，诗人才看到了“春还”。春天的柳梢，最初并不是绿色的，而是一种朦胧的悦目的金色，因为细嫩的柳尖刚刚钻出，还没有饱受春光的沐浴。可见作者观察之细，且融进了自己的喜悦之情。

五、六两句是全诗的承转机杼之句。“碧水浩浩云茫茫”采用比兴用法，用景语虚引出“美人不来空断肠”。春已归，而美人未至，岂不辜负了这春光！“预拂青山一片石，与君连日醉壶觞”，作者已经将青山中的一片石拂拭干净，只等友人来此痛饮一番。诗人不直说邀请，而是通过一个动人的细节，把邀请的殷切之情表达出来，同时还含有共赏春光之意，这样便与前四句婉转写出的盼春、迎春之意相通了。结尾再来一句“连日醉壶觞”，足以荡人心魂。

背景

唐肃宗上元元年（760），李白在江夏时所作。

名家点评

〔明〕梅鼎祚：此虽非太白极致，朱谏删入《辨疑》，未的。(《李杜二家诗钞评林》)

〔明〕陆时雍：一起四语，乃诗家排调，然语气自老。(《唐诗镜》)

〔清〕高宗敕：秀骨天成，偶然涉笔，无不入妙。(《唐宋诗醇》)

寒雪梅中尽，春风柳上归

宫中行乐词八首（其七）

唐 · 李白

寒雪梅中尽，春风柳上归。
宫莺娇欲醉，檐燕语还飞。
迟日明歌席，新花艳舞衣。
晚来移彩仗，行乐好光辉。

注释

尽：融化完。

迟日：春日白昼渐长，故曰迟日。

彩仗：宫中的彩旗仪仗。

简析

这首诗写宫中行乐。

首二句写冬尽春来，梅落柳黄，为花草树木之景。“尽”字是说梅花全部凋落，“归”字使柳拟人化。“归”在这里是使动用法，即春风使柳归来。三、四句写莺歌燕栖，为鸟雀之景。前四句写景，为主体部分做了很好的渲染。“娇欲醉”“语还飞”俱用拟人，极其生动。

后四句写歌舞行乐，是全诗的主体部分。五、六句写日明歌席，花艳舞衣。第七句写到了夜晚，斜晖照着彩仗，气势恢宏。第八句为全诗中心句，“行乐”点明主体，“好光辉”盛赞今天是行乐的好日子。

背景

这组诗为唐天宝二年（743）春李白在长安供奉翰林时奉诏为唐玄宗所作。

名家点评

〔清〕沈德潜：原本齐、梁，缘情绮靡中不忘讽意，寄兴独远。(《唐诗别裁》)

〔清〕郭兆麒：太白七言近体不多见，五言如《宫中行乐》等篇犹有陈隋习气，然用律严矣。音节稍稍振顿。(《梅崖诗话》)

〔清〕陈仅：太白《宫中行乐词》诸作，绝似阴铿。(《竹林答问》)

高 适

高适（704—765），字达夫，渤海蓨（今河北景县）人，后迁居宋州宋城（今河南商丘），是唐代著名的边塞诗人。曾任刑部侍郎、散骑常侍，封渤海县侯，世称高常侍。高适与岑参并称“高岑”，与岑参、王昌龄、王之涣合称“边塞四诗人”。

柳条弄色不忍见，梅花满枝空断肠

人日寄杜二拾遗

唐·高适

人日题诗寄草堂，遥怜故人思故乡。
柳条弄色不忍见，梅花满枝空断肠。
身在远藩无所预，心怀百忧复千虑。
今年人日空相忆，明年人日知何处。
一卧东山三十春，岂知书剑老风尘。
龙钟还忝二千石，愧尔东西南北人！

注释

人日：农历正月初七的中国传统节日。

杜二拾遗：即大诗人杜甫。

远藩：南方遥远的地方。

书剑：比喻文武。

二千石：汉郡守俸禄为两千石。

东西南北人：四方奔走。

简析

首句直接点题。接着的“怜”表示诗人和故人之间的感情。他们的故乡，同是满目疮痍的中原，所以“思故乡”，既是从自己说，也是从故人杜甫说。紧接着的两句是这思乡之情的具体表现。春天来临，柳叶初萌芽，梅花满枝头，人的心情应该是愉悦的，但在游子的心中，却容易触动乡愁，从而使人“不忍见”，一见就“断肠”。

五、六句描述当时国家多难，干戈未定，以诗人的文才武略，本应建功立业，可他偏偏远离京城，身在南藩。面对动荡不已的时局，诗人是“心怀百忧复千虑”。当时，不仅安史叛军在中原肆虐，而且蜀中局势也不平静。七、八句说身处乱世，漂泊他乡，今年人日已是相思不见，明年人日在何处更难预料。此处深远的忧思，更说明国步艰难，有志难伸。

九、十句：诗人早年曾隐居，生活虽困顿，却也闲散自由，不承想到如今竟浪费了一身的文武之才，终老于宦途之中。“龙钟还忝二千石，愧尔东西南北人！”最后诗人说自己老态龙钟，还辱居刺史之位，内心愧对到处漂泊的友人。它蕴含着诗人无力挽救时局的孤愤和对友人处境的关心。

背景

此诗作于唐肃宗上元二年（761）人日。此时，58岁的高适在蜀州（今四川崇州）任刺史，写下这首诗寄给成都草堂的杜甫（年近50岁）。

名家点评

〔明〕陆时雍：语多合拍，虽无他奇，故是可咏。(《唐诗镜》)

〔清〕徐增：法老气苍，学者须细心效之。(《而庵说唐诗》)

借问梅花何处落，风吹一夜满关山

塞上听吹笛

唐 • 高适

雪净胡天牧马还，月明羌笛戍楼间。
借问梅花何处落，风吹一夜满关山。

注释

塞上：指凉州一带边塞。

雪净：冰雪消融。

胡天：指西北边塞地区。

牧马还：牧马归来。

羌（qiāng）笛：羌族管乐器。

戍楼：报警的烽火楼。

关山：指关隘山岭。

简析

这是边塞诗中难得的安详、恬静之风，描绘的优美塞外春光图，不由得让人心生向往之情，更寄托了对边疆永葆和平的美好愿景。

“雪净胡天牧马还，月明羌笛戍楼间。”写的是实景，在冰雪消融之时，正是胡人牧马的好时节，于是明月下的戍楼间回响着悠扬的放牧笛声。短短十四字的笔墨将边塞没有战乱时的静谧与美好表现得十分生动，春天的边塞真是个令人向往的好地方。

“借问梅花何处落，风吹一夜满关山。”后两句则写的是想象，希望故乡的梅花能够飘荡到边塞上来，最好随风一夜堆满关山。首先梅花飘荡之景必定是想象之物，但在作者笔墨之下，所有读者都觉得理应如此，这花落的虚景又恰与前两句雪净月明的实景多么地相得益彰啊，这种美妙阔远的意境，不正是诗歌最高的境界吗？突破地域与时间限制，由虚化实，最终达到虚实的大和谐之境。

并且这首诗更属于思乡之诗的“异类”，思乡之情虽浓，但是更多是以豪情表现出来的，暗含了诗人渴望开拓边疆，将故乡之梅插遍关山的盛唐气魄，这不仅在思乡诗中实属罕见，在边塞诗中也较难找到与之媲美的豪情自信之作。

背景

高适曾多次到过边关，他两次出塞，对边塞生活有着较深的体验。这首诗是高适在西北边塞地区从军时写的。

名家点评

吴逸一评：因“牧马还”而有此笛声，摹写得妙。(《唐诗正声》)

〔明〕唐汝询：落梅足起游客之思，故闻笛者每兴味。(《唐诗解》)

〔清〕黄生：“间”读作“闲”始妙。因大雪胡马远去，故戍楼得闲，二语始唤应有情。同用落梅事，太白“黄鹤楼中吹玉笛，江城五月落梅花”是直说硬说，此二句是婉说巧说，彼老此趣。(《唐诗摘钞》)

杜　甫

杜甫（712—770），字子美，自号少陵野老，襄阳人，后徙河南巩县，是唐代伟大的现实主义诗人，与李白合称“李杜”。杜甫生活在唐朝由盛转衰的历史时期，其诗大多是反映当时的社会面貌和民间疾苦，题材广泛，寄意深远，抒发了忧国忧民的情怀，因而被誉为“诗史”。

岸容待腊将舒柳，山意冲寒欲放梅

小至

唐·杜甫

天时人事日相催，冬至阳生春又来。
刺绣五纹添弱线，吹葭六琯动浮灰。
岸容待腊将舒柳，山意冲寒欲放梅。
云物不殊乡国异，教儿且覆掌中杯。

注释

小至：指冬至前一日，一说指冬至后一天。

五纹：指五色彩线。

添弱线：冬至之后，白天渐长，绣工可以多绣几根丝线。

葭：初生的芦苇，诗中指代芦苇内膜烧成的灰。

琯：同“管”，古代管乐器，用玉制成，像笛，六孔。

动浮灰：古时为预测时令的变化，将芦苇茎中的薄膜烧成灰，放在十二律管内，每当相应的节气到来，律管内的灰就会相应飞出来。

云物：景物，景色。

简析

首联是说冬至后白天渐长，阳气蓬勃生发，也就离春天不远了。接着的颔联承接首联“冬至”的自然特征。颈联承接冬去春来的景物特征，河边的柳树即将泛绿，山上梅花冲寒欲放。尾联以抒情结尾，眼前的景物唤起了作者对故乡的思念。虽然身处异乡，但景物都是一样的，所以在如此舒适的时刻，就让儿子取酒来痛饮吧！在“事”“景”“感”三者烘托下，自然体现了作者感受敏锐、热爱生活。

全诗紧紧围绕“小至”写景、叙事、抒情，充满了浓厚的生活情趣。

背景

唐代宗大历元年（766），杜甫在夔州，生活比较安定，心情也比较舒畅。

梅蕊腊前破，梅花年后多

江梅

唐·杜甫

梅蕊腊前破，梅花年后多。
绝知春意好，最奈客愁何。
雪树元同色，江风亦自波。
故园不可见，巫岫郁嵯峨。

注释

绝知：明知。

元：原是。

巫岫：巫山峰峦。

嵯峨：形容山势高峻。

简析

首联从梅蕊初绽到梅花盛开，从腊前到年后，表现的是诗人盼春惜春之情。颔联继续写春意浓，但再好的春色也无法排遣“客愁”。越是深知春意盎然，越是对客愁无可奈何。以美景写哀情，倍增其哀。颈联不顺势抒情，而是写景。雪与树同一颜色，江上之风仿佛自己舞起了波涛。在此大好春光之中却不能尽情享受，其中原因在尾联道出。尾联重申“客愁”。杜甫早就有计划出川，滞留夔州实属不得已。夔州是出川的最后一站。作者此时近乡情怯，面对巫山，更觉其高峻险阻，也更觉故乡山水的可亲。

背景

此诗作于唐代宗大历二年（767）春，时杜甫居夔州。诗人旅居江峡，见蜡梅乍开，顿生故园之思，遂作此诗。

名家点评

〔元〕方回：起句十字，已尽梅花次第。(《瀛奎律髓》)

〔清〕杨伦：不贪写梅，从江上着眼，是为高手。春江微波，正与梅相漾发。五、六对句，正以不粘煞为佳。(《杜诗镜铨》)

春日春盘细生菜，忽忆两京梅发时

立春

唐·杜甫

春日春盘细生菜，忽忆两京梅发时。
盘出高门行白玉，菜传纤手送青丝。
巫峡寒江那对眼，杜陵远客不胜悲。
此身未知归定处，呼儿觅纸一题诗。

注释

春盘：古代风俗，立春日以韭黄、果品、饼饵等装盘，馈赠亲友。

生菜：即韭黄。

两京：即长安、洛阳。

行白玉：行，赐予。古代立春前皇帝会向大臣赐春盘。

归定处：归宿安身之地。

简析

首联由立春日眼前春盘上的细生菜，回忆起往年太平盛世时，两京立春日梅花怒放的美好景象。颔联因家国的处境而悲伤，以往立春的时候，两京热闹非常，时过境迁，国家动荡不安，让诗人悲伤不已。颈联视线又回到现实，诗人面对巫峡中那滚滚而来的冰冷江水，悲愁满怀。悲愁之余，想到自己的处境和前途，自己历经战乱，漂泊他乡，“此身未知归定处”，自己萍踪难定，前途渺茫，只好“呼儿觅纸”，寄满腔悲愤于笔端了。全诗展现了在封建时代，一个命运坎坷、前途未卜的正直诗人形象。

背景

杜甫在寓居夔州时所作，离安史之乱结束不过数年。

雪岸丛梅发，春泥百草生

陪裴使君登岳阳楼

唐·杜甫

湖阔兼云涌，楼孤属晚晴。
礼加徐孺子，诗接谢宣城。
雪岸丛梅发，春泥百草生。
敢违渔父问，从此更南征。

注释

阔：与“孤”对照。

属：当也。

徐孺子：豫章南昌人。时陈蕃为太守，以礼请署功曹。

谢宣城：《谢朓传》：除秘书丞，未拜，仍转中书郎，出为宣城太守。

敢违渔父问：引自《楚辞》：“屈原既放，游于江潭，渔父见而问之。”

从此更南征：引自《离骚》：“济沅湘兮南征。”

简析

首联描写洞庭湖之景。颔联写出了诗人把自己比作东汉时的名士徐稚，把裴使君比作礼贤下士的陈蕃，可以看出诗人在岳阳受到了非常好的款待。诗人此时对裴使君能重用自己是心存希望的。也许裴使君没有看出诗人的意思或者领会了而装作不知，总之，诗人很快离开了岳阳奔向衡州。

裴使君款待了诗人，且陪诗人登楼远眺。但仅仅因为这点就妄加颂辞，恐怕不是诗人一贯的作风。从诗中可以看出，裴使君是文人出身，而文人就应该对诗人礼遇、关照、抚慰，甚至起用。但诗人与裴使君不熟，对裴使君的为人还不太清楚，所以，只能在诗的结尾含蓄地借典喻事道出自己的愿望。

背景

大历四年（769）春，杜甫陪当地裴使君登岳阳楼赏景，写下了这首五言律诗。

名家点评

〔清〕仇兆鳌：一日之间，阴晴迭换，亦见登眺之久，黄生谓可当岳阳楼图是也。(《杜诗详注》)

梅花欲开不自觉，棣萼一别永相望

至后

唐·杜甫

冬至至后日初长，远在剑南思洛阳。
青袍白马有何意，金谷铜驼非故乡。
梅花欲开不自觉，棣萼一别永相望。
愁极本凭诗遣兴，诗成吟咏转凄凉。

注释

剑南：这里指蜀地。因在剑门关以南，故称。

青袍白马：这里指的是幕府生活。

金谷铜驼：金谷园、铜驼陌，皆洛阳胜地。

棣萼：比喻兄弟。

简析

首句准确地写出了冬至后的特点，白天开始越来越长。诗人写此诗时，远在剑南，所以思念洛阳。诗人的青少年时期是在洛阳度过的，而且他和李白也是在此相识。

“青袍白马”指的是诗人当时的处境，只是一个闲官卑职。

“非故乡”，并不是指洛阳不是诗人的故乡，而是说洛阳的金谷园、铜驼陌等风景经历了安史之乱之后今非昔比。

“棣萼”由景寄情，表达对远在洛阳的兄弟朋友的思念。愁闷的诗人本想写首诗来排遣，没料到反而更觉得凄凉。

背景

杜甫写此诗时，正在剑南朋友严武那里做幕僚，虽蒙器重，但有志不得伸，有乡不得归，身在四川，心在洛阳。

名家点评

〔清〕仇兆鳌：金谷铜驼，洛阳遭乱矣。因梅花而念棣萼（兄弟），总是触物伤怀。（《杜诗详注》）

市桥官柳细，江路野梅香

西郊

唐・杜甫

时出碧鸡坊，西郊向草堂。
市桥官柳细，江路野梅香。
傍架齐书帙，看题减药囊。
无人觉来往，疏懒意何长。

注释

碧鸡坊：在城都之西南。

市桥：冲星桥，在今成都市西南四里。

帙：书衣。

简析

“市桥”是视觉之美，“梅香”是嗅觉之美，诗人看到西郊沿途的细柳，闻到路边飘来的梅香，从视觉和嗅觉的不同感官表露出自己的愉悦之情。

在西郊的草堂里，诗人平日里整理书籍，检视药囊，生活显得清幽、闲适。

“觉”字为“察觉”“发觉”之意。没有人察觉有人与自己相来往，也没有人察觉自己与别人来往，表现了诗人内心的闲适与愉悦之情。

这首诗写诗人悠闲、懒散的生活状态，表达了诗人在这种生活状态下的闲适愉悦之情。

背景

乾元二年（759），杜甫弃官于这年年底到达成都，在成都西郊盖了一所草堂，开始他最后一段“漂泊西南”的生活。此诗就是在这期间所作。

岑 参

岑参（约715—770），荆州江陵（现湖北江陵）人，唐代著名的边塞诗人，与高适并称“高岑”。其诗的主要思想倾向是慷慨报国的英雄气概和不畏艰难的乐观精神。艺术上气势雄伟，想象丰富，造意新奇，风格峭拔。他擅长以七言歌行描绘壮丽多姿的边塞风光，抒发豪放奔腾的感情，代表作有《白雪歌送武判官归京》等。

巧能陌上惊杨柳，复向园中误落梅

裴将军宅芦管歌

唐·岑参

辽东九月芦叶断，辽东小儿采芦管。
可怜新管清且悲，一曲风飘海头满。
海树萧索天雨霜，管声寥亮月苍苍。
白狼河北堪愁恨，玄兔城南皆断肠。
辽东将军长安宅，美人芦管会佳客。
弄调啾飕胜洞箫，发声窈窕欺横笛。
夜半高堂客未回，只将芦管送君杯。

巧能陌上惊杨柳，复向园中误落梅。
诸客爱之听未足，高卷珠帘列红烛。
将军醉舞不肯休，更使美人吹一曲。

注释

芦管：北方少数民族管乐器，截芦苇管制成，类于筚篥。

海头：辽东近海，故有此称。

雨：动词，降下。

白狼：白狼河，今辽宁大凌河。

玄兔：又玄菟，东汉有玄菟郡，在今沈阳市东。

啾飕：象声词，指芦管之声。

杨柳、落梅：既指杨柳和梅花，又指古乐曲《折杨柳》《落梅花》。

简析

开头四句写芦管的产地和声音特色。芦管的清悲，透露出边地的凄凉。接着四句继续写芦管声音的清悲，用海树萧条、严霜满天、月色苍苍的景象衬托芦管声，以衬托远离故土、久戍边地的士卒的忧愁心情。

接着十二句写在酒宴中欣赏芦管吹奏。“啾飕”“窈窕”形容芦管声之美，不仅使《折杨柳》《落梅花》等名曲为之逊色，而且使陌上杨柳、园中梅花为之而“惊”“落”，突出了芦管曲调的无与伦比。最后四句仍以时间为线索，写夜深人静了，但宾主都未尽兴，进一步突出芦管曲调之动人。诗歌也就在这无休无止的芦管曲调中结束。

背景

乾元年间（758—759），岑参任右补阙，一天参加一裴姓将军的酒筵，欣赏了芦管演奏而作此诗。

张　谓

张谓（？—778），字正言，河内（今河南沁阳市）人。天宝二年登进士第，乾元中为尚书郎，大历年间任潭州刺史，后官至礼部侍郎，三典贡举。其诗辞精意深，讲究格律，诗风清正，多饮宴送别之作。代表作有《早梅》《邵陵作》《送裴侍御归上都》等，其中以《早梅》为最著名，《唐诗三百首》各选本多有辑录。

一树寒梅白玉条，迴临村路傍溪桥

早梅

唐·张谓

一树寒梅白玉条，迥临村路傍溪桥。
不知近水花先发，疑是经冬雪未销。

注释

迥：远。

傍：靠近。

不知：大概是。

发：开放。

销：通“消”，融化。这里指冰雪融化。

简析

“一树寒梅白玉条”描写早梅花开的美丽姿色。“一树”形容花开之密；“寒梅”紧扣“早”字，说明花开之早；“白玉条”生动地写出梅花洁白的风姿。“迥临村路傍溪桥”，从生长环境表现早梅的高洁品格。花草本不会选择生长环境，但这里寒梅仿佛有意远离村路，到靠近溪水的小桥边开放。这就赋予了早梅不入尘世的高尚品格。

“不知近水花先发”是承上之句，用惊叹的口吻表达了梅花早开的惊喜之情。“疑是经冬雪未销”写出了原因，诗人似乎不敢相信自己看到的是梅花，怀疑是未融化的冬雪。这就与首句的“白玉条”紧密呼应，比喻梅花的洁白和不屈。

名家点评

〔明〕钟惺、谭元春：钟云：到作迟想，妙！妙！(《唐诗归》)

刘禹锡

刘禹锡（772—842），字梦得，河南洛阳人，有“诗豪”之称。刘禹锡诗文俱佳，涉猎题材广泛，与柳宗元并称“刘柳”，与韦应物、白居易合称“三杰”，并与白居易合称“刘白”。其诗大多自然流畅、简练爽利，有《陋室铭》《竹枝词》《乌衣巷》等名篇传世。

塞北梅花羌笛吹，淮南桂树小山词

杨柳枝词九首（其一）

唐·刘禹锡

塞北梅花羌笛吹，淮南桂树小山词。
请君莫奏前朝曲，听唱新翻杨柳枝。

注释

梅花：汉乐府横吹曲中的《梅花落》。

桂树：西汉淮南王刘安的门客小山作的《招隐士》，其首句为“桂树丛生兮山之幽”。

杨柳枝：刘禹锡模仿乐府旧曲所作，以七绝形式加以翻新。

简析

全诗有九首，这首为序曲，意为劝人听改编的新曲。

首句提到汉乐府横吹曲中的《梅花落》，次句讲的是《楚辞》中的《招隐士》篇。《梅花落》曲原出塞北，歌咏梅花；《招隐士》出自淮南王门下，屡屡咏及桂树，它们与《杨柳枝词》一样歌咏花草树木，在内容上有相通的地方，所以作者拿它们来与《杨柳枝词》相比。接着指出《梅花落》《招隐士》毕竟是前朝的曲子，就不要再奏了，现在还是听翻新的《杨柳枝》吧。

诗人采用对偶的方式将古今比照，使诗歌于整饬中流动着变革之美，于匀齐之外再添一抹新意。刘禹锡摈弃旧俗，摆脱旧理，于古意中创新，方为“莫奏”之真谛，恰为“休听”之内蕴。

背景

刘禹锡晚年在东西二京时期所作，共有九首。刘禹锡晚年与白居易唱和酬答，白居易有组诗《杨柳枝词八首》，刘禹锡的这九首就是与白居易的唱和之作。

渡头轻雨洒寒梅，云际溶溶雪水来

松滋渡望峡中

唐·刘禹锡

渡头轻雨洒寒梅，云际溶溶雪水来。

梦渚草长迷楚望，夷陵土黑有秦灰。
巴人泪应猿声落，蜀客船从鸟道回。
十二碧峰何处所，永安宫外是荒台。

注释

松滋渡：在今湖北松滋县西北，距下牢关三峡尽处不远。

溶溶：水流动的样子。

雪水：指江水。

梦渚：云梦泽中的小洲。

楚望：指楚国山川。

夷陵：楚国先王陵墓名，后做县名，在今湖北宜昌境内。

秦灰：秦军焚烧夷陵的灰烬。

巴人：巴地之人。

鸟道：指只有鸟能飞到的地方。

十二碧峰：指巫山十二峰。

永安宫：在白帝城内，为刘备托孤之所。

简析

此诗首句先写渡口之景，第二句写看见融化后的雪水从云间奔涌而来。

第三句的“楚望”巧妙地借用了一典故。秦将白起攻楚时，曾火烧“夷陵”。“土黑”“秦灰”精练地概括了这一历史故事。诗人这里借历史抒发了对兴亡的感慨，表示没有千秋万代的帝王之业。“迷”字体现联想史事时引起的迷惘之情。“有”字是在感慨山川依旧，而霸王之业仅有余灰而已。

第五、六句写船客的哀愁。

第七、八句从巫山十二峰联想到楚王梦神女，从荒台联想到神女所居住的地方，从永安宫联想到蜀国先主刘备，种种令人感到传说是那样虚无缥缈，前朝王事亦是。

背景

刘禹锡在外任职22年，其间曾担任朗州（今湖南常德）司马、夔州（今四川奉节）刺史，多次往返都经过松滋渡。这首诗应是长庆元年（821）冬末春初赴夔州仕途中所写。

名家点评

〔唐〕范摅：中山刘公曰，顷在夔州，少逢宾客，纵有停舟相访，不可久留，而独吟曰："巴人泪逐猿声落，蜀客舟从鸟道来。"(《云溪友议》)

〔清〕王夫之：自然感慨，尽从景得，斯为景藏情。(《唐诗评选》)

〔清〕屈复：一、二松滋渡，又点时。中四望峡中景物。"秦灰"，借《史记》白起烧夷陵，实暗用劫灭事，言沧桑多变也。七、八既见神女荒唐，又吊先主之遗踪，遥应秦灰句也。(《唐诗成法》)

〔清〕何焯：触目崄艰，并不得如襄玉、宋玉之遇，是其托寄所在地。(《唐三体诗评》)

柳宗元

柳宗元（773—819），字子厚，汉族，河东解（现山西运城永济一带）人，唐宋八大家之一，唐代文学家、哲学家、散文家和思想家，世称“柳河东”“河东先生”，因官终柳州刺史，又称“柳柳州”。柳宗元与韩愈并称“韩柳”，与刘禹锡并称“刘柳”，与王维、孟浩然、韦应物并称“王孟韦柳”。有《河东先生集》，代表作有《溪居》《江雪》《渔翁》。

早梅发高树，迥映楚天碧

早梅

唐 · 柳宗元

早梅发高树，迥映楚天碧。
朔吹飘夜香，繁霜滋晓白。
欲为万里赠，杳杳山水隔。
寒英坐销落，何用慰远客？

注释

迥：远。

楚：诗人被贬之地永州，古属楚地。

朔吹：冬季的寒风。

滋：增加。

杳杳：遥远。

寒英：指梅花。

坐：徒然。

销落：凋谢，散落。

简析

“早梅发高树”，开篇直接写梅花的绽放，一个“发”字极富神韵地表现了梅花的生机勃勃。“迥映楚天碧”，描写广阔碧蓝的天空，在这样的天空映衬下，更显得梅花的高洁。这两句诗言辞简洁，但寓意颇深，表达了诗人对早梅的赞叹之意。

“朔吹飘夜香，繁霜滋晓白”进一步刻画早梅的内在气质。早梅不畏北风和严霜，毅然释放自己的芬芳和美丽。诗人通过对早梅的这种刻画，委婉地表达了自己对理想执着追求的意志，以及孤傲高洁的品格和不屈不挠的斗争精神。

当诗人看到早梅绽放的时候，不禁怀念起远方的友人来，于是借物抒怀：“欲为万里赠，杳杳山水隔。寒英坐销落，何用慰远客？”他想折一枝寒梅，赠予友人聊以表达慰勉的情意。可是转念一想，友人远在千里之遥，山水阻隔，愿望无法实现。字里行间流露出诗人惆怅、迷惘之情。

背景

永贞元年（805），“永贞革新”失败，柳宗元被贬到偏远落后的永州，但是他并未因此而意志消沉，反而在与人民的接触中，更深刻地认识到官场的黑暗和腐败，了解到人民的痛苦与希望，因而更加坚定了他对理想的追求。这首诗就是在这种思想状况下写成的。

李商隐

李商隐（约813—约858），字义山，号玉溪生，又号樊南生，祖籍怀州河内（今河南沁阳），晚唐著名诗人。和杜牧合称“小李杜”，与温庭筠合称“温李”。其诗构思新奇，风格秾丽，尤其是一些爱情诗和无题诗写得缠绵悱恻，优美动人，广为传诵。但部分诗歌过于隐晦迷离，难于索解。

寒梅最堪恨，常作去年花

忆梅

唐·李商隐

定定住天涯，依依向物华。
寒梅最堪恨，常作去年花。

注释

定定：滞留不动。

寒梅：早梅，多于严冬开放。

恨：怅恨，遗憾。

简析

“定定”，诗人感觉自己永远地被钉在这异乡的土地上，内心充满了强烈的苦闷、难以名状的厌烦，以及无可奈何的悲哀。“依依”，形容面对美好春色时流连的心意和情绪。面对百花争艳的春色，诗人似乎暂时得到了安慰，从内心深处升起一种对美好事物无限依恋的柔情。“寒梅”，象征着诗人不幸的遭遇，而“恨”正是“忆”的发展与深化，正像深切期待的失望会转化为怨恨一样。

全诗意境曲折，但并不给人以散漫破碎、雕琢伤真之感，关键在于层层转折都体现了诗人羁旅漂泊的身世。这样便显得此诗潜气内转，在曲折繁多中浑成统一，达到有神无迹的境界。

背景

此诗作于李商隐任职于梓州柳仲郢幕府后期时。写于一个百花争艳的春天，但此时寒梅早已开过，所以题为“忆梅”。

名家点评

〔清〕姚培谦：自己不能去，却恨寒梅，妙绝。(《李义山诗集笺注》)

〔清〕纪昀：末二句用意极曲折可味，但篇幅少狭耳。(《玉谿生诗说》)

罗 隐

罗隐（833—909），字昭谏，杭州新城（今浙江富阳）人。本名横，因屡试不第，乃改名。罗隐的诗蕴含着他对人生的深刻认识，有的诗中也蕴含着对社会现实的深刻揭露和批判。现存诗作500首，有诗集《甲乙集》传世。

暖触衣襟漠漠香，间梅遮柳不胜芳

桃花

唐·罗隐

暖触衣襟漠漠香，间梅遮柳不胜芳。
数枝艳拂文君酒，半里红欹宋玉墙。
尽日无人疑怅望，有时经雨乍凄凉。
旧山山下还如此，回首东风一断肠。

注释

漠漠香：形容桃花香气弥漫。

文君酒："一曲凤求凰，千载文君酒。"西汉才女卓文君为了追求真爱，离开权贵之家，与大才子司马相如当垆卖酒，成为千古佳话，令无数文人墨客神往。

宋玉墙：宋玉在其《登徒子好色赋》中有“此女登墙窥臣三年”之句。

简析

首联写桃花的香气和芳姿。天气和暖，桃花触碰衣襟，散发出袅袅的香气，超过了梅柳的芳姿。“间”“遮”二字，通过对比，映衬出桃花的芳姿更加卓越。颔联用两个典故，意在自喻，作者用桃花的惊艳比喻自己的才华高超。颈联写出了桃花无人欣赏的惆怅，以及经过春雨之后飘零的凄凉。尾联直抒作者的感慨：故乡山下的桃花也是如此，回首看看春风，心中顿生悲伤之情。

这首诗借桃花自喻，托物言志，意在抒发自己空有才华而屡试不第，无人赏识、怀才不遇的伤感情怀。

名家点评

前四句是虚写杏花（按此诗题一作《杏花》），后四句是实写自己。何以为虚写？“暖香漠漠”，提笔也；“间梅遮柳”，衬笔也；“艳拂”、“红欹”，空笔也：绝无一语实描，而读去恰是杏花，殊属不解。(《唐诗鼓吹笺注》)

朱东岩曰：五、六是罗公自寓感慨，读去殊觉意味寥落，与孟襄阳“不才明主弃，多病故人疏”同一气象。(《东岩草堂评订唐诗鼓吹》)

晏　殊

晏殊（991—1055），字同叔，抚州临川人。北宋著名文学家、政治家。晏殊能诗、善词，文章典丽，书法皆工，而以词最为突出，有“宰相词人”之称。他的词，风格含蓄婉丽，吸收了南唐“花间派”和冯延巳的典雅流丽词风，开创北宋婉约词风，被称为“北宋倚声家之初祖”。

梅蕊新妆桂叶眉

鹧鸪天·梅蕊新妆桂叶眉

宋·晏殊

梅蕊新妆桂叶眉。小莲风韵出瑶池。云随绿水歌声转，雪绕红绡舞袖垂。

伤别易，恨欢迟。惜无红锦为裁诗。行人莫便消魂去，汉渚星桥尚有期。

注释

小莲：歌女名。

绿水：古舞曲名，一名渌水。

汉渚：银河岸边，即牛郎、织女相会之地。

星桥：以星为桥，指神话中的鹊桥。

简析

此词描写歌妓小莲。

上片前两句写小莲貌若天仙，风韵妖娆。后两句，以行云、流水比喻歌唱的清亮高亢；以飞雪、垂袖比喻舞蹈的灵动舒展。

下片描写小莲的离别相思之情。“别易”“欢迟”是她的整体感受。“惜无红锦为裁诗”，诗篇、信笺没有机会寄出，其忧愁难以表述。最后两句告诫“行人”，不要因为断然离去而伤神，牛郎、织女尚且有一年见一次面的机会。此时的词人已经贫困潦倒，连给歌女的“缠头之资”都没有。但词人要去的地方离汴京并不遥远，他们未来总有相见的机会，所以这首离歌同时还寄寓着希望。

背景

大约宋神宗元丰五年（1082），晏殊将赴颍昌许田镇之时，小莲在筵席上唱歌送别，遂作此词。

阮逸女

阮逸女，其父阮逸，字天隐，建州建阳（今属福建）人。北宋音乐家，精通经学，擅长词赋。天圣五年（1027）进士。景祐二年（1035），典乐事。庆历中，以诗得罪，除名贬窜远州。皇祐中，特迁户部员外郎。与胡瑗合著有《皇祐新乐图记》。本人事迹不详。

梦回处，梅梢半笼残月

花心动·春词

宋·阮逸女

仙苑春浓，小桃开，枝枝已堪攀折。乍雨乍晴，轻暖轻寒，渐近赏花时节。柳摇台榭东风软，帘栊静，幽禽调舌。断魂远，闲寻翠径，顿成愁结。

此恨无人共说。还立尽黄昏，寸心空切。强整绣衾，独掩扉，枕簟为谁铺设？夜长更漏传声远，纱窗映、银缸明灭。梦回处，梅梢半笼残月。

注释

小桃：即小桃红，又名凤仙花。

帘栊：窗帘或窗户。

幽禽：鸣唱优雅的禽类。

调舌：啼鸣。

翠径：芳草杂生的小径。

银缸：白色的灯盏、烛台。

简析

这是一首闺怨词，抒发因春而起的感触。

上片写在鸟语花香的初春，少妇所滋生的无限春愁。“仙苑春浓”三句，将一幅春花初绽的画面展现在人们的眼前。“乍雨乍晴”三句，既是眼前景，又是当年事。这样的“赏花时节”，他们曾经徘徊在花径柳下，互诉衷情，自然是难以忘怀的。偏偏那无力的东风，摇曳着花台月榭的垂柳；窗外寂静，传来了鸟的啼鸣，使她更加难以忘情。“断魂远”以下的结语，是上文蓄势的结果。

下片写少妇独处深闺，幽梦难寻，灯尽梦回，更觉寂寞难堪。“此恨”是指春色恼人，引起她的百般离恨。此处，写少妇立尽了黄昏，而游子犹在天涯，使得她不得不怀着绝望的心情去“强整绣衾，独掩朱扉”。“为谁铺设”，把这个少妇的矛盾心情充分展示了出来。漫漫长夜，声声更鼓从远处传到了她的耳中，只见碧纱窗下，烛台乍明乍灭。结句情景交融，都是抒发主人公的哀愁与离恨。

欧阳修

欧阳修（1007—1072），字永叔，号醉翁，晚号六一居士，吉州吉水（今江西吉安永丰县）人，北宋政治家、文学家。欧阳修是在宋代文学史上最早开创一代文风的文坛领袖。他领导了北宋诗文革新运动，继承并发展了韩愈的古文理论。其诗议论、叙事、抒情融为一体，语言清新流畅，风格流丽婉转。

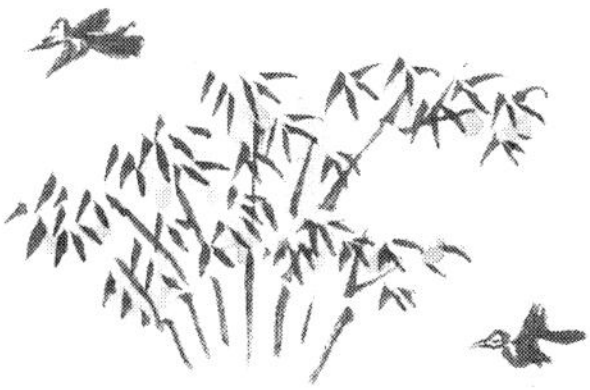

去时梅萼初凝粉

玉楼春·去时梅萼初凝粉

宋·欧阳修

去时梅萼初凝粉。不觉小桃风力损。梨花最晚又凋零，何事归期无定准。

阑干倚遍重来凭。泪粉偷将红袖印。蜘蛛喜鹊误人多，似此无凭安足信。

注释

萼：花瓣下部的一圈绿色小片。

初凝粉：指花蕾刚开始孕育。

何事：为什么。

蜘蛛：这里指俗称为“喜蛛”的一种小型蜘蛛。人们通常认为见到这种蜘蛛预示着会有喜事发生，如同喜鹊。

简析

上片从离别写起：“去时梅萼初凝粉。不觉小桃风力损。”分手的时候，梅花刚要长出花蕾，不知不觉桃花也被风摧残而凋谢。“梨花最晚又凋零，何事归期无定准？”开花最晚的梨花都已经凋谢了，你因何事耽搁还定不下归来的日期？上片通过写景表现时光的流逝，表现对久不归来的心上人的思念。

下片的“阑干倚遍重来凭。泪粉偷将红袖印”具体描绘了相思之情。多次登高盼归，表现出相思之深。一个“偷”字有避人垂泪意，表现出怕被人知道相思之情的害羞之态。“蜘蛛喜鹊误人多，似此无凭安足信？”蜘蛛和喜鹊已多次报喜讯，但心上人始终未归，多么误人啊，像这样没有凭据怎么值得相信呢？不怨人不归，而怨蜘蛛、喜鹊“无凭”，无理而妙。

背景

当为欧阳修早期所作，具体创作时间未详。

名家点评

俞平伯：上片三折而下，作一句读。(《唐宋词选释》)

陈新、杜维沫：转而嗔怪蜘蛛、喜鹊报喜之无信，可见其思之深，盼之切。类似写法在诗词中颇常见，如敦煌曲子词《鹊踏枝》：“叵耐灵鹊多漫语，送喜何曾有凭据。”(《欧阳修选集》)

黄 庶

黄庶（1018—1058），字亚夫，晚号青社。洪州分宁（今江西修水）人。仁宗庆历二年（1042）进士。其后历佐一府三州，皆为从事（同上书）。以其诗文及交游事迹考之，初幕长安，庆历末徙凤翔，旋随宋祁幕许州。后随晏殊重幕长安。有《伐檀集》。

雪里犹能醉落梅，好营杯具待春来

探春

宋·黄庶

雪里犹能醉落梅，好营杯具待春来。
东风便试新刀尺，万叶千花一手裁。

注释

杯具：指饮酒的工具。

刀尺：指裁剪衣服的工具。

简析

这是一首即兴写景小诗，表达了诗人的一种闲情逸致和对大自然的热爱。

开头就是一幅“雪里落梅”的画景。“犹能”强调百花虽未开放，仍有落梅值得醉赏。“落梅”二字同时也暗指笛曲《梅花落》。“落梅”“杯具”，飞雪迎春，呈现出一个新颖的意境。

“便”字有熟练之意，说明“东风”年年用“刀尺”裁剪出大好春色。“新”字突出强调了新春的开始。“万叶千花”，语意双关，既是指眼前所见的奇特景色，又是指想象之中的百花争艳的气象。“一手裁”三字充满了对春天造化能力的赞赏。

这首诗写得简洁凝练，读着也觉酣畅痛快，既表达了诗人的惊喜之情，带给读者的亦是无限惊喜。

冯　山

冯山（？—1094），初名献能，字允南，普州安岳茗山镇（今四川安岳龙台镇）人。嘉祐二年（1057）进士，熙宁末为秘书丞通判梓州（今四川三台县）。绍圣元年（1094）卒，以子澥（宰相）贵，追赠太师。著有《安岳集》20卷，工诗，今存诗集12卷，《四库总目》传于世。

传闻山下数株梅，不免车帷暂一开

山路梅花

宋・冯山

传闻山下数株梅，不免车帷暂一开。
试向林梢亲手折，早知春意逼人来。
何妨归路参差见，更遣东风次第吹。
莫作寻常花蕊看，江南音信隔年回。

注释

车帷：车四旁的帷帐。

参差：长短、高低不齐的样子。此处意为多次、不时。

简析

这首七律，是旅途即兴之作。作者用素描手法，写山路梅花，不添香，不着色，不写疏影横斜，只写梅花带来的春意，却非常传神。

“试向”“早知”两词表现出探梅、赏梅、折梅的情趣，表达了作者开阔的胸怀。“参差”这里表示多次见到，更增加了旅途中的情趣。诗人“遣”东风，把梅花依次吹盛开。“何妨”“更遣”用的都是期待的语气，但并不显得唐突。

结尾两句是作者发自内心深处的赞语。梅花虽然开在山路旁边，无人赏识，但给行人带来了温暖和慰藉。古人早就有折梅寄远的故事，寄去的不仅仅是梅花，还有那一份情谊，因而成为长期流传的佳话。诗人虽没有办法寄出梅花，但此行的见梅和折梅，也寄托了无限的深情厚谊。

背景

冯山旅途即兴之作。

王　铚

王铚，生卒年月不详。字性之，自号汝阴老民，世称雪溪先生。高宗建炎四年（1130），纂集太宗以来兵制。绍兴四年（1134）书成，赐名《枢庭备检》。后罢为右承事郎，主管台州崇道观，续上《七朝国史》等。晚年，遭受秦桧的摒斥，避地剡溪山中，日以觞咏自娱。

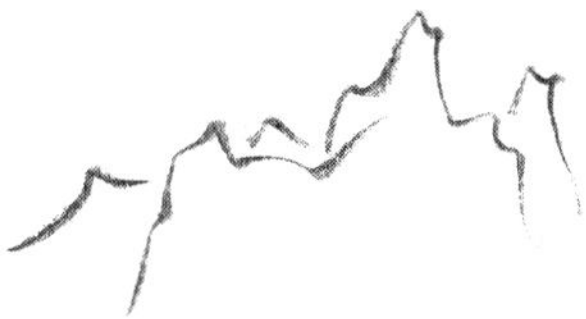

山色银屏晓，溪梅玉镜春

春近

宋・王铚

山色银屏晓，溪梅玉镜春。
东风露消息，万物有精神。
索漠贫游世，龙钟老迫身。
欲浮沧海去，风浪阔无津。

注释

索漠：孤独沮丧的样子。

简析

首联写“雪”和“溪”时，采用比喻的手法形象地描绘了山峦绵延和溪水清澈的情景。“晓”字不仅表现了银装素裹的山脉在晨曦中发出的晶莹光芒，而且写出了山色由暗转亮的过程。“春”字突出了溪边怒放的寒梅花满枝头的景象，给人生机勃勃的感觉。颔联的“露”字形象地点出春天将来、万物复苏的信息。

颈联由景及情，诗人感慨自身的遭遇，心情郁闷沉重。尾联抒发了诗人欲引退避世，但找不到出路的苦闷之情。

背景

王铚晚年，遭受秦桧的摒斥，避地剡溪山中，日以觞咏自娱，这首诗应该是他晚年的作品。

王安石

王安石（1021—1086），字介甫，号半山，临川人，北宋著名思想家、政治家、文学家。其诗“学杜得其瘦硬”，重炼意和修辞，擅长说理与修辞，晚年诗风含蓄深沉、深婉不迫，以雅丽精绝的风格在北宋诗坛自成一家，世称“王荆公体”。

墙角数枝梅，凌寒独自开

梅花

宋·王安石

墙角数枝梅，凌寒独自开。
遥知不是雪，为有暗香来。

注释

凌寒：冒着严寒。

遥知：远远地就知道。

暗香：梅花的幽香。

简析

诗人通过写梅花在严寒中怒放，并洁白无瑕，赞美了梅花高贵的品德和顽强的生命力，又用“暗香”点出梅胜于雪，说明顽强与高贵品德的人格所具有的伟大的魅力。

“墙角”二字精准地点出了所处的环境，极具意境。不引人注目，不易为人所知，更未被人赏识，却又毫不在乎。“数枝”显出了梅的清瘦与姿态，与“墙角”搭配也极自然。“独自”，则语意刚强，不惧怕旁人的眼光，即使在恶劣的环境中，依旧屹立不倒。“遥知不是雪”，雪花与梅花，两者相映成辉；“暗香”无色，却为画面蒙上了一片朦胧的色彩。简单的笔墨却有层层意境，几笔实写提起无限虚景，梅之精神也被表达得淋漓尽致。

背景

王安石在写这首诗时已经年过半百，对政治早已心灰意懒，变法的新主张又被推翻，虽然已经历了两次辞相、两次再任，心情仍然非常郁闷。

梅残数点雪，麦涨一溪云

题齐安壁

宋·王安石

日净山如染，风暄草欲薰。
梅残数点雪，麦涨一溪云。

注释

齐安：黄州的故称，在湖北麻城西南。

日净：日光明净。

暄：暖和。

薰：草木散发的香气。

简析

“山如染”三字，十分形象地概括了春天生机勃勃的景象。“暄”“薰”二字写出了春风的暖洋洋，而草木受到暖风的吹拂，散发出阵阵香气，显示了春天的生机蓬勃，以及诗人对春天的赞赏。

第三句以残梅衬托春色的艳丽，诗人多次赞扬梅花凌寒独立，但春天已到，梅花凋谢，只剩下数瓣花片似雪般飘落。第四句，诗人以“一川云”形容春天时，麦子蓬勃地生长，犹如一川绿色的云，不断上升。

背景

元丰三年（1080）、元丰五年（1082），王安石多次游齐安，写诗多首，本篇是其中名作。

名家点评

〔宋〕黄庭坚：荆公暮年作小诗，雅丽精绝，脱去流俗，每讽味之，便觉沆瀣生牙颊间。

〔宋〕胡仔：真可使人一唱而三叹也。(《苕溪渔隐丛话》)

苏　轼

苏轼（1037—1101），字子瞻，号东坡居士，眉州眉山（今属四川眉山）人，祖籍河北栾城，北宋文学家、书法家、画家。苏轼是北宋中期的文坛领袖，在诗、词、散文、书、画等方面取得了很高的成就。其诗题材广阔，清新豪健，善用夸张比喻，独具风格，与黄庭坚并称“苏黄”；其词开豪放一派，与辛弃疾同是豪放派代表，并称“苏辛”；其文纵横恣肆，气势雄放。

江南腊尽，早梅花开后

洞仙歌·咏柳

宋·苏轼

江南腊尽，早梅花开后。分付新春与垂柳。细腰肢、自有入格风流，仍更是、骨体清英雅秀。

永丰坊那畔，尽日无人，惟见金丝弄晴昼？断肠是、飞絮时，绿叶成阴，无个事、一成消瘦。又莫是、东风逐君来，便吹散眉间，一点春皱。

注释

分付：付托，寄意。

金丝：比喻柳树的垂条。

断肠：秋海棠花的别名。

一成：宋时口语，一点点地，渐渐地。

春皱：柳叶弯卷。

简析

上片写柳的风韵之美。起拍说腊尽、早梅花开，既点明节令，又引出新春与垂柳，一派春意繁闹的景象。柳枝似少女的细腰，别有一种风流。作者抓住这一特点，称颂柳的独特风韵，进而用“清英秀雅”来品评其风骨。这就写出了垂柳的清高、英隽、秀丽、雅致。

下片感叹垂柳的不幸遭遇。头三句写垂柳的清寂、丽姿无主。长安永丰坊的垂柳，尽管分外妖娆，怎奈无人一顾。“断肠”四句，紧承上文，写垂柳一到晚春，柳絮飘零，绿叶虽繁，但百无聊赖、日益瘦削。只有东风的吹拂，使弯弯柳叶得以舒展。

词中借垂柳喻佳人，以婉转的手法、饱含感情的笔墨，描写了一位品格清秀、命运多舛的少女形象。

背景

这首词写作年代不可确考，朱祖谋认为词意与《殢人娇》略同，把它编入宋神宗熙宁十年（1077）。因为据《纪年录》，这年三月一日，苏轼在汴京与王诜会于四照亭，王诜侍女倩奴求曲，遂作《洞仙歌》《殢人娇》与之。《殢人娇》题“小王都尉席上赠侍人”，与《纪年录》所记相符。其词结句，“须信道、司空自来见惯”，对王诜似有规劝讽喻。据史载，王诜生活糜烂，娶了宝安公主，还有八个小妾。《洞仙歌》词题“咏柳”，可知这首词借柳以喻人。

步转回廊，半落梅花婉娩香

减字木兰花·春月

宋·苏轼

春庭月午，摇荡香醪光欲舞。步转回廊，半落梅花婉娩香。
轻烟薄雾，总是少年行乐处。不似秋光，只与离人照断肠。

注释

香醪：香气浓郁，指美酒。

婉娩：形容香味温和醇美。

简析

上片写景。开篇的“月午”，指明中天的月光正泻向杯中。而“摇荡”一词，透露出词人举杯的豪兴。月色皎洁明亮，照得聚星堂前的梅花更璀璨晶莹。诗人漫步于回廊上，觉得幽香袭来，陶醉在这美好安逸的景象中。

下片发议论。梅花“轻烟薄雾”，有一种朦胧之美。“总是少年行乐处”，这里的“少年”泛指赵德麟。诗人很欣赏这位年轻的签判，称赞他“吏事通敏，文采俊丽，志节端亮，议论英发”。他们平时诗歌唱和，此时又同饮花月下，表明词人也有与少年同游之意。最后以词人的夫人关于月色的议论收尾，富含诗意。

全词表现了词人对美好事物和良辰美景的追求和珍惜，而这些也使他的精神从政治失意中解脱出来。

背景

此词作于元祐七年（1092），苏轼任颍州知州时。一年春天的夜晚，堂前梅花盛开，月色鲜霁。王夫人对苏轼说："春月色胜秋月色，秋月色令人凄惨，春月色令人和悦，何如召赵德麟辈来饮此花下？"苏轼听后十分高兴地说："吾不知子能诗邪？此真诗家语耳！"于是，便邀来几位朋友，在梅花树下饮酒赏月，并取王夫人的语意，填写了这首词。

名家点评

〔宋〕陈师道：苏公居颍，春夜对月。王夫人曰："春月可喜，秋月使人愁耳。"公谓前未及也，遂作词曰："不似秋光，只与离人照断肠。"老杜云："秋月解伤神。"语简而益工也。(《后山诗话》)

〔清〕周济：人赏东坡粗豪，吾赏东坡韶秀。韶秀是东坡佳处，粗豪则病也。

〔清〕沈德潜：情景名为二，而实不可离。神于诗者，妙合无垠。

长与东风约今日，暗香先返玉梅魂

六年正月二十日，复出东门，仍用前韵

宋·苏轼

乱山环合水侵门，身在淮南尽处村。
五亩渐成终老计，九重新扫旧巢痕。
岂惟见惯沙鸥熟，已觉来多钓石温。
长与东风约今日，暗香先返玉梅魂。

注释

环合：环绕。

尽处村：尽头荒远的村子。

五亩：此指苏轼在黄州所开垦的东坡田地和建造的临皋亭南堂、雪堂等住宅。

九重：指朝廷。

沙鸥熟：《列子·黄帝》中的典故，意思是甘心退隐、忘掉其他想法。

钓石：垂钓时坐着的石头。

暗香：指梅花。

简析

诗题“复出东门”既有寻春、希望梅花再开的意思，也有希望自己能再被起用的意思。

“乱山环合”“淮南尽处村”指诗人在黄州的住处。“终老计”，诗人要终老黄州，因为朝廷已经不再用他了。“沙鸥熟”“钓石温”是说诗人与鸥鸟已熟，钓石已温，含有甘心退

隐、忘掉其他想法的意思。

“东风”暗指君王，意思是诗人决定要终老黄州，但还忘不了朝廷。“返玉梅魂”，湖南的梅花一冬开两次，第二次就像返魂，诗人的意思是希望罢斥后能再次得到朝廷的重用。

背景

元丰四年（1081），苏轼作《正月二十日往岐亭郡人潘古郭三人送余于女王城东禅庄院》。元丰五年（1082），作《正月二十日与潘郭二生出郊寻春忽记去年是日同至女王城作诗乃和前韵》。元丰六年（1083）苏轼在黄州，作此诗，仍用前韵，称“复出东门”，指上一次正月二十日出东门寻春，这年再出东门寻春，在寻春里有希望朝廷再起用他的含义。

名家点评

〔清〕爱新觉罗·弘历：词旨温厚，意味深长。在集内近体诗中，更上一层。(《唐宋诗醇》)

〔清〕陈衍：读五、六两句，觉《旄丘》之“何多日也”，“何其久也”，殊少含蓄矣。(《宋诗精华录》)

春风岭上淮南村，昔年梅花曾断魂

十一月二十六日松风亭下梅花盛开

宋·苏轼

春风岭上淮南村，昔年梅花曾断魂。

岂知流落复相见，蛮风蜑雨愁黄昏。
长条半落荔支浦，卧树独秀桄榔园。
岂惟幽光留夜色，直恐冷艳排冬温。
松风亭下荆棘里，两株玉蕊明朝暾。
海南仙云娇堕砌，月下缟衣来扣门。
酒醒梦觉起绕树，妙意有在终无言。
先生独饮勿叹息，幸有落月窥清樽。

注释

松风亭：在惠州嘉祐寺附近的山上。

春风岭：在湖北麻城县东，岭上多种梅花。

蛮风：蛮地吹着的海风。

蜑雨：泛指南方海上的暴雨。

荔支：即荔枝。

玉蕊：指梅花洁白如玉。

朝暾：朝阳。

仙云：同缟衣皆比喻梅花。

堕：凋落。

简析

从“昔年梅花”引到后来的流放生活。面对松风亭下盛开的梅花，诗人想起了在黄州谪迁的生活。“岂知”极沉痛，此时诗人已经58岁了，却再次被贬，再次见到这个贬谪生活中陪伴自己的梅花，而且是在“蛮风蜑雨”的边荒之地，令他生愁。

荔支浦、桄榔园中半落的长条和独秀的卧树，深深地触动着诗人的心，他为它们的“幽光”“冷艳”而心醉。“留夜色”

写花的艳丽。“冬温”是岭南冬天的特点，用“直恐”二字，表现了诗人对花的期待。

松风亭下盛开的两株梅花，又引起诗人的兴致。“海南仙云”“月下缟衣”用海南仙子和月下仙子对梅花进一步加以比拟，采取遗貌取神、虚处着笔的手法，侧面展现了梅花的独特风韵。

“绕树无言”表达了诗人深沉的思绪。“勿叹息”“幸有”是诗人强作的口吻。在这样一个清晓，诗人独把清樽，对着梅花，尽情享受这短暂的欢愉。

背景

绍圣元年（1094）十一月二十六日，松风亭下梅花盛开，58岁的苏轼在惠州贬所写的诗。

名家点评

〔宋〕陈正敏：凡诗之咏物，虽平淡，巧丽不同，要能以随意造语为工。东坡在岭南有暾字韵咏梅诗，韵险而语工，非大手笔不能到也。(《遁斋闲览》)

诗老不知梅格在，吟咏，更看绿叶与青枝

定风波·咏红梅

宋·苏轼

好睡慵开莫厌迟。自怜冰脸不时宜。偶作小红桃杏色，闲雅，尚余孤瘦雪霜姿。

休把闲心随物态，何事，酒生微晕沁瑶肌。诗老不知梅格在，吟咏，更看绿叶与青枝。

注释

好睡：贪睡，此指红梅苞芽周期漫长，久不开放。

冰脸：比喻梅外表的白茸状物。

诗老：指北宋诗人石延年。

绿叶与青枝：石延年《红梅》诗有“认桃无绿叶，辨杏有青枝”句，在此，苏轼是讥其诗的浅近，境界不高。

简析

上片以“好睡”发端，以“自怜”相承，一个“慵”字，透露了红梅的清冷和自爱。“冰脸”刻画红梅的玉洁冰清，赋予了红梅生命和丰富的感情。“小红桃杏色”正面描述梅的颜色如桃杏，鲜艳娇丽。“孤瘦雪霜姿”，说梅傲雪凌霜、孤傲瘦劲的本性。“偶作”一词将上下关联起来。

下片的“闲心”“瑶肌”，依然以美人喻花。“休把”一责问，“何事”一诘问，其词有遗憾，但其意仍在护红梅。“物态”指桃杏娇柔媚人的春态。红梅之所以不同于桃杏，不仅在于绿叶、青枝的有无。

背景

宋神宗元丰五年（1082），苏轼贬官在黄州，因读石延年《红梅》诗引起感触，遂作《红梅》诗三首。之后，作者把其中一首诗改成词，取调名《定风波·咏红梅》。

名家点评

〔清〕刘熙载：东坡《定风波》云："尚余孤瘦雪霜姿。"《荷华媚》云："天然地、别是风流标格。""雪霜姿""风流标格"，学坡词者，便可以此领取。(《艺概四卷》)

晏几道

晏几道（1038—1110），北宋著名词人。字叔原，号小山，抚州临川（今属江西）人。性孤傲，中年家境中落。与其父晏殊合称“二晏”。词风似父而造诣过之。工于言情，其小令语言清丽，感情深挚，尤负盛名。多写爱情生活，是婉约派的重要代表人物。有《小山词》留世。

柳垂江上影，梅谢雪中枝

临江仙 · 身外闲愁空满

宋 · 晏几道

身外闲愁空满，眼中欢事常稀。明年应赋送君诗。细从今夜数，相会几多时。

浅酒欲邀谁劝，深情惟有君知。东溪春近好同归。柳垂江上影，梅谢雪中枝。

注释

东溪：泛指风景优美的地方。

简析

上片写与友人在一起欢聚，但“眼中欢事常稀”，因为聚会太少，故而特别珍惜；因为珍惜，故而更怕这场欢聚结束；因为怕它结束，故而要仔细地数一数究竟还有多少个相聚的日子。词人真切地表述了当时细腻的心理活动。

下片以“东溪春近好同归”为核心，表述了作者对生活的憧憬。“浅酒”与“深情”两句，有对比，有联结。浅酒无人可劝，唯君能劝；深情无人可知，唯君能知。把酒席主客双方的亲密关系交代了出来。选一个风景优美的地方，在春天来临之际，偕同归隐，也就不会分别了，但这只是一个美好的愿望。然后由“春近”二字引出最后两句对春景的想象：“柳垂江上影，梅谢雪中枝。”

背景

这首小词是酒席间的赠人之作，多是为友人所作。

名家点评

〔清〕陈廷焯：“明年应赋送君诗。细从今夜数，相会几多时。”浅处皆深。(《白雨斋词话》)

〔唐〕温庭筠：昨日欢娱竟何在，一枝梅谢楚江头。(《西江贻金钓叟骞生》)

落梅庭榭香，芳草池塘绿

生查子·落梅庭榭香

宋·晏几道

落梅庭榭香，芳草池塘绿。春恨最关情，日过阑干曲。
几时花里闲，看得花枝足。醉后莫思家，借取师师宿。

注释

关情：对人或事物重视。

简析

上片前两句写春景。梅花刚刚落了，庭院里还残留着余香。刚长出来的芳草把池塘边染成一片新绿。这一派春色是怎样吸引词人的呢？首先说“关情”，情之所钟，自然关注。为什么钟情于春色？对于游子来说，春色引发春恨，春色越绚丽，春恨也随之越浓烈。春恨，也就是离别相思之恨。“日过阑干曲”，每日经过园中曲阑时，词人都会留心观察梅花的开落等种种景色的变化。也就是说，词人是看着引发春恨的季节一步一步到来。如今刚早春，梅香未消，芳草刚绿，但已经让他“春恨最关情”了，何况接着来临的“春老”“春归”？

下片极力宣泄词人的春恨。由于种种羁绊，尽管他钟情于春色，却连看花的闲暇都没有。于是“看得花枝足”就成了他的急切要求。最后点出“思家”二字，挑明全词的主旨。

背景

晏几道春日思家所作。

秦观

秦观（1049—1100），扬州高邮人，字少游，一字太虚，别号邗沟居士，学者称其淮海居士。苏轼曾戏呼其为“山抹微云君”。官至太学博士、国史馆编修。一生坎坷，所写诗词，高古沉重，寄托身世，感人至深。著有《淮海集》40卷、《淮海词》（又名《淮海居士长短句》）3卷、《劝善录》《逆旅集》等。

指冷玉笙寒，吹彻小梅春透

如梦令·春景

宋·秦观

莺嘴啄花红溜，燕尾点波绿皱。指冷玉笙寒，吹彻小梅春透。依旧，依旧，人与绿杨俱瘦。

注释

红溜：形容花朵娇红。

绿皱：形容春水绿波。

小梅：乐曲名。唐《大角曲》里有《大梅花》《小梅花》等曲。

简析

一、二句直接写春。莺歌燕舞，花红水绿，主要突出自然美好的春光。三、四句却转向凄凉的境况。阳光明媚的春天，本应该让人感觉舒适欢乐，但“指冷玉笙寒”，吹笙的人何以有这般忧伤情绪？五、六句是为点睛之笔。两个“依旧”，感情上程度叠叠加深。“绿杨”，标志着春天即将过去，同时也作为相思的寄托。柳絮漫天，代表着那一段剪不断、理还乱的相思之情，也正因为有这刻骨的相思，所以才有“为伊消得人憔悴”。

背景

秦观因党派之祸一再被贬。在这个过程中，他跟家人、朋友聚少离多，再加上自己仕途不顺，心中郁闷，此时恰好看到春天秀丽的景色，故而写下了这首词。

名家点评

〔清〕俞陛云：这首纪别之作，句最工丽。(《唐五代两宋词选释》)

〔明〕李攀龙：用字妍巧，寓意咏叹。(《草堂诗余隽》眉批及评)

〔明〕沈际飞：琢句奇峭。结句眷柳未心瘦，然易此不得。(《草堂诗余正集》)

贺 铸

贺铸（1052—1125），北宋词人。字方回，又名贺三愁，人称贺梅子，自号庆湖遗老。汉族，祖籍山阴（今浙江绍兴），出生于卫州共城县（今河南辉县市）。出身贵族，宋太祖贺皇后族孙，所娶亦宗室之女。自称远祖本居山阴，是唐贺知章后裔，以知章居庆湖（即镜湖），故自号庆湖遗老。

玉人和月摘梅花

减字浣溪沙·楼角初销一缕霞

宋·贺铸

楼角初销一缕霞。淡黄杨柳暗栖鸦。玉人和月摘梅花。
笑捻粉香归洞户，更垂帘幕护窗纱，东风寒似夜来些。

注释

暗栖鸦：乌鸦暗栖于嫩黄的杨柳之中。

玉人：像美玉一样漂亮标致的人，既可指男子，又可指女子。

和月：趁着皎洁的月色。

捻：摘取。

粉香：代指梅花。

夜来：昨天。

些：宋、元时期语尾助词，读sā音。

简析

上片写户外，前两句写景。首先出现的是一座佳人居住的红楼的一角。时间是太阳落山的一瞬间。接着写红楼附近的杨柳，这杨柳是淡黄色，说明抽叶不久，时间应是初春。在这嫩绿柳树的枝叶间，栖卧着归林的乌鸦。在“栖鸦”前加一“暗”字，既显此处人静，又显此时夜深。“玉人和月摘梅花”，这如花似玉的佳人，披着银白似水的月光，采摘梅花。

下片写女子由院子回到了室内。年轻的佳人采罢梅花，面含微笑，回房去了。这一句写得活灵活现，读之如亲眼所见。佳人入室之后，马上就把帘幕垂下来，用一“更”字，说明天天如此。帘幕护住窗纱，既遮挡风雨侵袭，又使人无缝窥伺。“东风寒似夜来些”，是说虽然佳人刚刚放下帘幕，但由于是初春入夜不久，东风一吹，仍觉寒气袭人，犹如深夜一般。

背景

北宋哲宗元祐三年（1088）秋，贺铸在和州（今安徽和县一带）任管界巡检（负责地方上训治甲兵、巡逻州邑、捕捉盗贼等的武官）时思慕爱人，而作此词。

名家点评

〔宋〕胡仔：词句欲全篇皆妙，极为难得。然如贺方回“淡黄杨柳暗栖鸦”之句，写景可谓造微入妙；若其全篇，则不逮矣。(《苕溪渔隐丛话》)

毛 滂

毛滂（约1055—1120），字泽民，衢州江山（今属浙江）人。哲宗元祐年间为杭州法曹，苏轼曾加荐举，晚年与蔡京亦有交往。官至祠部员外郎、知秀州，一生仕途失意。其词受苏轼、柳永影响，清圆明润，别树一格，无秾艳词语，自然深挚、秀雅飘逸。其词对陈与义、朱敦儒乃至姜白石、张炎等人的创作都有影响。代表作有《秦楼月》《水调歌头》（一）、《玉楼春》（三）、《菩萨蛮》（一）等。

夜寒不近流苏，只怜他、后庭梅瘦

上林春令·十一月三十日见雪

宋·毛滂

蝴蝶初翻帘绣，万玉女、齐回舞袖。落花飞絮蒙蒙，长忆著、灞桥别后。

浓香斗帐自永漏，任满地、月深云厚。夜寒不近流苏，只怜他、后庭梅瘦。

注释

浓香：代指梅花。

永漏：即漏永，意夜深。

简析

上片描绘雪的动态美，寄托了词人漂泊羁旅的愁情。这里将雪比作“蝴蝶”“玉女”“落花”“飞絮”，创造了一个美轮美奂的意境，给人留下引人入胜的生动印象。而“长忆著、灞桥别后”寄寓了词人羁旅在外、漂泊异乡的愁情。

下片写雪的静态美，寄托了词人的孤高志向。词人用寒梅来衬白雪，既赞扬了雪的洁白，又突出了梅的高贵，从而寄托了词人高洁、孤傲的志向。在这寒冷的天地间，一枝寒梅盛开，散发着浓香，衬托着洁白的雪更加无瑕了。最后一句词人再次抒情，赞美雪中梅花不畏严寒，独弄清影。这白雪寒梅的形象又寄托了词人独立的志向。

本首咏物词，既用博喻辞法，将雪作多角度的正面描绘，表现了雪之多姿多彩的动态美；又用衬托法，以清高的梅衬洁白的雪，创造了冰清玉洁的意境，表现了一种玲珑的静态美，在动与静、虚与实的结合中，融进词人的思想感情，创造了一种秀雅飘逸的风格。

周邦彦

周邦彦（1076—1121），北宋著名词人。字美成，号清真居士，钱塘（今浙江杭州）人。作品多写闺情、羁旅，也有咏物之作。格律谨严，语言曲丽精雅，长调尤善铺叙。为后来格律词派词人所宗。作品在婉约词人中长期被尊为“正宗”。旧时词论称他为“词家之冠”或“词中老杜”，是公认“负一代词名”的词人，在宋代影响甚大。著有《片玉词》《清真集》。

粉墙低，梅花照眼，依然旧风味

花犯·小石梅花

宋·周邦彦

粉墙低，梅花照眼，依然旧风味。露痕轻缀，疑净洗铅华，无限佳丽。去年胜赏曾孤倚，冰盘同宴喜。更可惜、雪中高树，香篝熏素被。

今年对花最匆匆，相逢似有恨，依依愁悴。吟望久，青苔上、旋看飞坠。相将见、脆丸荐酒，人正在、空江烟浪里。但梦想、一枝潇洒，黄昏斜照水。

注释

铅华：搽脸的粉。

冰盘：果盘。

香篝：指里面放香用来熏烘衣物的熏笼。

悴：忧。

相将：行将。

脆丸：梅子。

潇洒：凄清之意。

简析

上片先写眼前梅花的风姿，再回想去年观赏梅花的情形，表明其风姿依旧。“依然”二字埋下了叙写去年梅花风姿的伏笔。“净洗铅华”是指梅花上还留有露水痕迹，有如美人洗净脂粉，显得天生丽质。接着词人开始回想去年赏梅之时，词人独自一人持酒赏花，又恰逢“宴喜”，更衬托出词人的孤寂。“香篝”形容梅树被厚雪覆盖，宛如香篝上熏着一床洁白的被子，非常形象。

下片词人的思绪又回到眼前的梅花，但梅花多飘坠于青苔之上，由花相逢、花落想象以后当青梅佐酒之时，自己却漂泊于江波烟浪之中。这里写与梅天各一方，实则是词人感伤自己羁旅漂泊之苦。

名家点评

〔宋〕黄昇：此只咏梅花，而纡徐反复，道尽三年间事，圆美流转如弹丸。(《唐宋诸贤绝妙词选》)

〔清〕陈廷焯：“此词非专咏梅花，以寄身世之感耳。”(《云韶集》)

孔 夷

孔夷，北宋哲宗年间著名词人、书法家。字方平，号三楼。汝州龙兴（今属河南宝丰）人。学者孔旼之子。北宋哲宗元祐年间隐士，隐名鲁逸仲。隐居滍阳（今河南），与李廌为诗酒侣，自号滍皋渔父。与李荐、刘攽、韩维为友。王灼《碧鸡漫志》卷二称其与侄孔处度齐名。

故国梅花归梦，愁损绿罗裙

南浦·旅怀

宋·孔夷

风悲画角，听单于、三弄落谯门。投宿骎骎征骑，飞雪满孤村。酒市渐阑灯火，正敲窗、乱叶舞纷纷。送数声惊雁，乍离烟水，嘹唳度寒云。

好在半胧淡月，到如今、无处不消魂。故国梅花归梦，愁损绿罗裙。为问暗香闲艳，也相思、万点付啼痕。算翠屏应是，两眉余恨倚黄昏。

注释

画角：涂有彩绘的军中乐器。

单于：唐乐曲有《小单于》。

骎骎：马跑快的样子。

绿罗裙：穿绿罗裙的人，指好。

简析

上片描述各具特色的四幅画面，即“画角谯门”“飞雪孤村”“冷落酒市”和“寒夜惊雁”。画角声散入风中，触动无数旅人的愁思。旅人急于找个地方投宿，来到了弥漫着飞雪的小孤村。酒市里的灯火渐渐稀少，只有枯叶乱纷纷，敲打着窗门。空中传来惊雁的哀鸣，从那凄戾的叫声中，可以想象它们刚刚离开迷蒙的水面，正在迅疾地穿过寒云。四幅场景，描绘了旅途悲凉的境况。

下片由雪夜闻雁鸣转为月夜思家乡，委婉地表达了相思之情。“好在”句是说风雪虽止，云雾朦胧中露现出半明半暗的月光。“无处不消魂”，描绘客居他乡，不禁黯然销魂。“故国”两句，诉说对故园的梅花以及穿着绿罗裙的人的思念。“为问”两句用设问形式将梅拟人化，把枝上蓓蕾比喻为泪珠。末两句又上承“愁损”句，设想对方，由己推人。日暮时分，她斜倚屏风思念远方的旅人。

背景

这首词写秋夜思乡。

名家点评

〔宋〕黄昇：词意婉丽，似万俟雅言。(《花庵词选》)

〔明〕李攀龙：上是旅思凄凉之景况，下是故乡怀望之神情。(《草堂诗余隽》)

〔清〕黄蓼园：细玩词意，似亦经靖康乱后作也。第词旨含蓄，耐人寻味。(《蓼园词选》)

汪 藻

汪藻（1079—1154），北宋末、南宋初文学家。字彦章，号浮溪，又号龙溪，饶州德兴（今属江西）人。汪谷之子。先世籍贯婺源。其著名代表作是《建炎三年十一月三日德音》。

起来搔首，梅影横窗瘦

点绛唇·新月娟娟

宋·汪藻

新月娟娟，夜寒江静山衔斗。起来搔首，梅影横窗瘦。
好个霜天，闲却传杯手。君知否？乱鸦啼后，归兴浓于酒。

注释

娟娟：明媚美好的样子。

斗：北斗星座。

传杯：互相传递酒杯敬酒，指聚酒。

乱鸦啼：明指鸟雀乱叫，暗喻朝中小人得志。

归兴：归家的兴致。

简析

上片描绘了一幅明月、寒夜、江静、北斗星、梅影的霜天月夜图。开篇两句写由远到近的夜景。一个“衔”字极为生动，将静景写活了。接着视角由室外写到室内的“起来搔首”之人。“搔首”两个字形象地写出他不平静的情绪。深夜无眠，必定是因为心事重重，披衣而起，所见的是斜映在窗上的清瘦的梅影。以梅花点明残冬早春的时节，同时自喻“梅瘦”，表现词人愁情满怀、品格高洁。

下片以“好个霜天”作为上片写景的结尾，又引发下文的抒情。词人“闲却传杯手”，因为远离官场，酒兴全无。紧接着又用“君知否”对之加以强调，最后才告知是“乱鸦啼后，归兴浓于酒”。词人归隐的决心像酒一样浓烈，表明了他远离官场的决心之强。全词唯一写声音的句子在如此环境下显得更加刺耳。但作者对之的反应是“搔首”“闲却”，如梅花傲霜般沉默，达到了无声胜有声的效果。

背景

汪藻出守泉南，后为人谗毁而被移知宣城。他心中很烦躁愤懑，便写下此词。

名家点评

〔明〕潘游龙：此乃“月落乌啼霜满天”景。(《古今诗馀醉》)

〔清〕黄苏：此首写在外栖栖不得意，思家之作耳。霜天无酒，落寞可知，写来却蕴藉。(《蓼园词选》)

朱敦儒

朱敦儒（1081—1159），字希真，号岩壑，人称洛川先生。河南府洛阳（今属河南）人。官居兵部郎中、临安府通判、两浙东路提点刑狱等职。朱敦儒诗词婉丽清畅，有“词俊”之名，与“诗俊”陈与义等并称为“洛中八俊”。有词集《樵歌》。

玉楼金阙慵归去，且插梅花醉洛阳

鹧鸪天·西都作

宋·朱敦儒

我是清都山水郎，天教分付与疏狂。曾批给雨支风券，累上留云借月章。

诗万首，酒千觞。几曾著眼看侯王？玉楼金阙慵归去，且插梅花醉洛阳。

注释

清都：传说中天帝居住的宫阙。

山水郎：掌管山水的官员。

疏狂：狂放，不受礼法约束。

给雨支风券：支配风雨的手令。

玉楼金阙：指汴京宫殿。

简析

作者以“山水郎”自居，出于天性而热爱山水，直抒他的理想生活，不喜欢尘世，流连于山水间。“天教分付与疏狂”，作者声称自己自由的生活方式和狂放的性格是天生的，无法改变。这两句充分表现出了词人的坦荡直爽、豪气四溢。“曾批给雨支风券，累上留云借月章”以天意透露出作者不与世俗同流合污、怡然自得的心理。

“诗万首，酒千觞。几曾著眼看侯王”写作者诗才丰富，酒量很大，未曾见过“侯王”，凸显词人对功名富贵的鄙夷。“玉楼金阙慵归去，且插梅花醉洛阳”表现出作者不愿意到朝廷做官，只想纵诗饮酒。一个“慵”字，准确地表现了他厌弃名利，留恋“插梅花醉洛阳”的生活。“梅花”意在体现词人高洁的品性。全词用高洁与狂放来表现作者不愿与污浊的社会同流合污。

背景

据《宋史·文苑传》记载，朱敦儒“志行高洁，虽为布衣而有朝野之望”。靖康年间，钦宗召朱敦儒至京师，欲授以学官，朱敦儒固辞道：“麋鹿之性，自乐闲旷，爵禄非所愿也。”终因鄙弃世俗和权贵，拂衣还山。此词即为朱敦儒从京师返回西都（今洛阳）途中作。

名家点评

〔宋〕黄昇：以词章擅名，天资旷远。（《绝妙词选》）

李清照

李清照（1084—1155），号易安居士，齐州章丘（今山东济南）人。南宋女词人，婉约词派的重要代表人物。李清照工诗善文，尤擅长词。她论词强调协律，崇尚典雅，提出词“别是一家”之说，反对以作诗文之法作词。其词前期多写其闺中悠闲生活，后期多悲叹身世，情调感伤。形式上善用白描手法，语言清丽。李清照的词在群花争艳的宋代词苑中，独树一帜，自名一家，人称“易安体”。

挼尽梅花无好意，赢得满衣清泪

清平乐·年年雪里

宋·李清照

年年雪里，常插梅花醉。挼尽梅花无好意，赢得满衣清泪。

今年海角天涯，萧萧两鬓生华。看取晚来风势，故应难看梅花。

注释

挼：以手揉搓。

赢得：获得。

海角天涯：犹天涯海角。本指僻远之地，这里是指临安。

看取：看着。

简析

这首词是词人的生活写照——早年的欢乐、中年的幽怨、晚年的沦落，无不在词中体现得淋漓尽致。词人饱经沧桑之后，内心有许多难言之苦，通过不同时期的赏梅感受倾诉了出来。词意含而不露，感情悲切哀婉。

“醉”既是表明女词人为梅花所陶醉，更是为爱情和生活。“萧萧两鬓生华”指词人漂泊天涯，远离故土，年华飞逝，两鬓斑白，与上片第二句所描写的插梅花的女性形象遥相对照。词人在梅花上寄托了情思，而这首小词把词人的身世和梅花紧紧地联系在一起，构思巧妙而寄托深远。

背景

写于李清照晚年，是她对自己一生早、中、晚三期带有总结性的追忆之作。

夜来沉醉卸妆迟，梅萼插残枝

诉衷情·夜来沉醉卸妆迟

宋·李清照

夜来沉醉卸妆迟，梅萼插残枝。酒醒熏破春睡，梦远不成归。人悄悄，月依依，翠帘垂。更挼残蕊，更捻余香，更得些时。

注释

梅萼：梅的萼片，在花瓣下部的一圈绿色小片。

更：又。

挼：揉搓。

得：需要。

简析

这首咏梅词选取新的角度写梅。

首句直接写酒后入睡，单从“沉醉”一词就可以看出词人饮酒之多和心绪之恶。一个“迟”字进一步体现沉醉的状态——心情的抑郁和词人懒于卸妆的倦怠神情。下句“酒醒”从首句“沉醉”而来，由醉到醒，酒意渐消，春睡才会被梅香熏破。“梦远不成归”，以梦写愁，揭示全词主旨。“梦远”是梦中返回遥远的故乡。词人似乎有些埋怨梅香太浓，打断了自己的美梦。她在梦中沿着回乡之路能飞得很远，也许能回到故乡与亲人团聚。但现实是故乡已在金人的铁蹄之下，回去已不易。这种对梅香的“怨”也正是词人欲归不得的“怨”。

下片的“人悄悄，月依依，翠帘垂”，寥寥几句，勾画了一幅春夜无眠图。梦醒以后，久不成寐，月伴无眠，绿色的窗帘低垂着。这幅寂静的月夜图，成功地烘托出词人孤单清冷的内心世界，以及深沉的念乡之情。“更挼”“更捻”两个动作，凸显了词人百无聊赖的心理。词人所思早已不只是梅花，还有她梦中的情景、昔日的生活，或眼下的处境。

背景

大约建炎三年（1129）二月，李清照在丈夫赵明诚任职江宁知府期间所作。金兵南下，李清照举家逃离青州，于建炎二年春抵江宁，从此开始了后期南渡后的生涯。

暖雨晴风初破冻，柳眼梅腮，已觉春心动

蝶恋花·暖雨晴风初破冻

宋·李清照

暖雨晴风初破冻，柳眼梅腮，已觉春心动。酒意诗情谁与共？泪融残粉花钿重。

乍试夹衫金缕缝，山枕斜欹，枕损钗头凤。独抱浓愁无好梦，夜阑犹剪灯花弄。

注释

梅腮：梅花瓣儿，似美女香腮，故称“梅腮”。

山枕：即檀枕。因其如“凹”形，故称“山枕”。

斜欹：斜靠。

夜阑：夜深。

简析

上片写词人放眼室外，由春景落笔。一、二句的“晴风”“柳眼梅腮”，直接形象地表明春天的到来。第三句“已觉春心动”是对春天来临的概括，实则是流露了自己的怀春之情。这句也暗启了词人所抒发的情思：“酒意诗情谁与共？泪融残粉花钿重。”一个“谁与共”，道出此刻词人独处深闺的苦涩。

下片紧承上片的末句，着重刻画具体的闺中寂寞生活。词人初试春装，却斜靠在山枕上，以致把精美的钗头凤给压坏了。词人不出去观赏春景，是怕美景触发伤感之情，同时表明其心情郁闷。一个“损”字，也暗示词人的无精打采。末二句，“抱浓愁”，可见此愁对词人来说有多重，更何况是“独抱”。“犹”字写活了词人百无聊赖的情态。最后一句写词人无奈只能剪弄灯火，数着夫君的归期。

背景

李清照的丈夫出门在外时所作的词。

梅定妒，菊应羞，画阑开处冠中秋

鹧鸪天·桂花

宋·李清照

暗淡轻黄体性柔，情疏迹远只香留。何须浅碧轻红色，自是花中第一流。

梅定妒，菊应羞，画阑开处冠中秋。骚人可煞无情思，何事当年不见收。

注释

画阑：即画栏，指饰有彩绘的栏杆。

骚人：指屈原。

可煞：表示疑问，犹可是，是否。

简析

一、二句，短短十四字，却形神兼备，写出了桂花的独特风韵。上句重在写“色”，兼及体性；下句重在写“香”，兼及咏怀。“轻黄”，再加“暗淡”二字，说明桂花不以娇艳的颜色取悦于人。桂花性情疏淡，远离尘世，只留浓郁的芳香在人间，犹如一位隐居的君子，以其高尚的德行和情操赢得了世人的尊敬。

三、四句，词人认为品格高尚、内在美尤为重要。“何须”二字，把那些仅以“色”取人的群花一笔带过，推出色淡香浓、情疏迹远的桂花。

下片前三句，连词人一生酷爱的梅花在桂花面前，也定生忌妒之意。而词人颇为称许的菊花也感到含羞。接着又称桂花为中秋时节的花中之冠。

最后两句用典，屈原当年作《离骚》，遍收名花来比喻君子的美德，然桂花却不在其中。词人为桂花抱屈，因此说这位先贤情思不足，竟然把香冠中秋的桂花给遗漏了。

背景

此词作于建中靖国（1101）之后，李清照与丈夫赵明诚居住青州之时。当时由于北宋末年党争的牵累，李清照的公公赵挺之死后，她随丈夫屏居乡里，摆脱了官场上的钩心斗角，离开了京城的喧嚣纷扰，在归来堂上悉心研玩金石书画。

名家点评

王国维：“何须浅碧轻红色，自是花中第一流”，易安语也，其词品亦似之。(《人间词话》)

吕本中

吕本中（1084—1145），字居仁，号紫微，世称东莱先生，祖籍莱州，寿州（治今安徽凤台）人。仁宗朝宰相吕夷简玄孙，哲宗元祐年间宰相吕公著曾孙，荥阳先生吕希哲孙，南宋东莱郡侯吕好问子。宋代诗人、词人、道学家。有《东莱集》《紫微词》等。

雪似梅花，梅花似雪

踏莎行·雪似梅花

宋·吕本中

雪似梅花，梅花似雪。似和不似都奇绝。恼人风味阿谁知？请君问取南楼月。

记得去年，探梅时节。老来旧事无人说。为谁醉倒为谁醒？到今犹恨轻离别。

注释

雪似梅花：唐东方虬《春雪》：“春雪满空来，触处似花开。”

梅花似雪：古乐府："只言花似雪，不悟有香来。"

恼人：撩人。

阿谁：谁，何人。

简析

上片以"似"与"不似"写梅与雪交相辉映的景象。正因为梅与雪同时存在，加之梅花与雪花有相似之处，诗人便常常将它们放在一起。梅花和雪花形、色相似，但本质有异，因此词人又写"似和不似都奇绝"。"似"是色，"不似"是香。

接着提出一个问题：谁会撩拨起人的心事？词人没有直接回答，设下了悬念，令人猜想。

词的下片直接说明词人心事的原因。去年梅花盛开的时候，词人和情人共赏梅花，南楼之月可做见证，而今与情人分开了，万物依旧，人事已非，词到结尾时才点明词人为什么时醉时醒，是因为"轻离别"的"恨"。

名家点评

〔清〕吴衡照：言情之词，必借景色映托，乃具深婉流美之致。(《莲子居词话》卷二)

〔明〕潘游龙：前叠可息纷拏之口。(《古今诗余醉》卷十三)

赵 鼎

赵鼎（1085—1147），字元镇，号得全居士。南宋初年政治家、词人。崇宁五年（1106）登进士第。建炎三年（1129），拜御史中丞。建炎四年（1130），任签书枢密院事，旋出知建州、洪州。绍兴年间几度为相，任内推崇洛学，巩固政权，号称“小元祐”。宋孝宗时，追赠太傅、丰国公，赐谥“忠简”。赵鼎被称为南宋中兴贤相之首。与李纲、胡铨、李光并称为南宋四名臣。赵鼎善文、诗、词。著有《忠正德文集》《得全居士词》等。

一朵江梅春带雪

蝶恋花·一朵江梅春带雪

宋·赵鼎

长道县和元彦修梅词。彦修，钱塘人，名时敏。坐张天觉党，自户部员外郎，谪监长道之白石镇。

一朵江梅春带雪。玉软云娇，姑射肌肤洁。照影凌波微步怯，暗香浮动黄昏月。

谩道广平心似铁。词赋风流，不尽愁千结。望断江南音信绝，陇头行客空情切。

注释

姑射：《庄子·逍遥游》：“藐姑射之山，有神人居焉，肌肤若冰雪，淖约若处子……”后诗文中多用其代指神仙或美人。

广平：即唐人宋璟，晋爵广平郡公，《旧唐书》说他“在官清严，人吏莫有犯者”。

陇头：即陇山，山东人行到此处回望，莫不悲伤。

简析

上片用拟人化的手法，刻画了梅花的精神。“一朵江梅春带雪”指的是白梅。把它比作藐姑射山上的女神，再恰当不过了。“照影凌波微步怯，暗香浮动黄昏月”是化用林逋的“疏影横斜水清浅，暗香浮动月黄昏”(《山园小梅》)的咏梅名句。

过片处“谩道广平心似铁”，是非常合题的用事。连宋璟这样“铁石心肠”的人物，也曾写过一篇华丽多姿的《梅花赋》，可见纵使铁石心肠的人，对梅花也推崇之至。这里的“词赋风流，不尽愁千结”既说的是宋璟，也说词人如梅花般的傲寒精神。

结尾处“望断江南音信绝，陇头行客空情切”的用事，从表面上看是不够“合题”的。但这里也暗用了王维《陇头吟》的诗意。这样就承接了上句的“愁”字。说它是用事也可以，说它是抒情也可以。如说是用事，作者恰恰借助于用事，把解不尽的愁进一步地抒发。

背景

当时赵鼎与秦桧因为在对金人议和问题上意见不合，闹翻了，赵鼎被贬谪知绍兴的途中，路过长道县写的这首词。赵鼎为宋室名相，当初曾荐用秦桧，后来却被秦桧逼迫得绝食自杀。临终自书铭旌云：“身骑箕尾归天上，气作山河壮本朝。”

王之道

王之道（1093—1169），字彦猷，庐州濡须人。善文，明白晓畅，诗亦真朴有致。为人慷慨有气节。宣和六年（1124）与兄之义弟之深同登进士第。著有相山集三十卷，《四库总目》相山词一卷，《文献通考》传于世。

一晌凝情无语，手捻梅花何处

如梦令·一晌凝情无语

宋·王之道

一晌凝情无语，手捻梅花何处。倚竹不胜愁，暗想江头归路。东去，东去，短艇淡烟疏雨。

注释

短艇：小船。

简析

“一晌凝情无语”，女主人公忽然间因触景而产生惆怅。从后一句看，是因为折梅所致。折梅与怀人有关，自古有之。故

“手捻梅花何处”，其意仍是思远人。“何处”二字则有欲寄无由的苦恼。

女子所怀何人，“倚竹不胜愁”。此处化用杜甫《佳人》“天寒翠袖薄，日暮倚修竹”的句意，用以暗示词中的女主人公独居的忧伤和对远人的一往情深。接着“暗想江头归路”，说明了远人的踪迹。想当初，他从“江头”扬帆远去的，而今也该从原路归来了吧，表现了女子难以言说的深沉思念，使人体会到她内心的痴迷。

末二句“东去，东去，短艇淡烟疏雨”，两个“去”字，可推知不是远人归来，是他外出时的情景。这种倒叙表现了女主人公更多的忧伤，又体现了其温润的性格。

背景

这是一首闺情词，写了一位少女殷切盼望心爱的人由远方归来的情怀。

名家点评

〔宋〕张炎：词人难于令曲，如诗之难于绝句，不过十数句，一句一字闲不得。末句最当留意，有有余不尽之意始佳。(《词源》卷下)

朱 翌

朱翌（1097—1167），字新仲，号潜山居士、省事老人，舒州（今安徽潜山）人，卜居四明鄞县（今属浙江）。政和八年，同上舍出身。有《潜山集》《猗觉寮杂记》。存词三首。

流水泠泠，断桥横路梅枝亚

点绛唇·梅

宋·朱翌

流水泠泠，断桥横路梅枝亚。雪花飞下，浑似江南画。
白璧青钱，欲买春无价。归来也，风吹平野，一点香随马。

注释

泠泠：形容声音清越。
断桥：在杭州西湖白堤上。
亚：通“压”，下垂的样子。
璧：古玉器名。也泛指美玉。
青钱：即铜钱，古代货币。

简析

上片写词人看到的画意，其中也透露出春意。虽然“春”字出得很晚，但第一句“流水泠泠”，已透露出春的消息。由闻水声过渡到看梅花。“横”“亚”二字，呈现双重空间。“雪花飞下，浑似江南画”烘托突出梅花的神韵。“飞下”二字写出江南雪的特点：静谧无声。它成为词中盛开的梅花极其生动的背景。

下片写词人感受的春意和观梅归来其乐融融的心情。价值连城的“白璧”，毕竟是有“价”的，而春天却是“无价”的。下句“归来也”三字大有意味，既可作词人游过归来讲，又连上句也可作“春”已归来讲。“一点香随马”是早春之意。那暗香非梅莫属。人的心情如何，这里已不言自明。

背景

宋徽宗政和四年（1114），词人冒雪游湖观梅，雅兴不浅，于是写下了这首词。

名家点评

〔明〕卓人月：梅词如此清峻，何羡坡公“绿毛么凤”之作。(《古今词统》)

〔清〕王奕清：西湖咏梅者多矣，而不为雕琢，自然大雅，首推此词。(《历代诗余·词话》)

王十朋

王十朋（1112—1171），字龟龄，号梅溪。南宋著名政治家、诗人，爱国名臣。绍兴二十七年（1157）他以“揽权”中兴为对，被宋高宗亲擢为进士第一（状元）。官秘书郎。曾数次建议整顿朝政，起用抗金将领。有《梅溪集》等。

无意争先，梅蕊休相妒

点绛唇·素香丁香

宋·王十朋

落木萧萧，琉璃叶下琼葩吐。素香柔树。雅称幽人趣。
无意争先，梅蕊休相妒。含春雨。结愁千绪，似忆江南主。

注释

琉璃：指各种天然发光的宝石。此处形容花叶。

琼葩：色泽如玉的花。

幽人：隐士。

简析

上片一方面写丁香的形态和香味，另一方面写丁香的志趣。首句“落木萧萧”，本是用来描写秋天树叶凋零的样子，这里被用来衬托丁香花尚在含苞未放时的环境和氛围。“幽人趣”，借丁香来写词人对幽居生活的赞许。

下片写丁香的精神所在，一方面写其无意与群芳争艳，尤其是和梅花；另一方面写丁香散发的愁绪。全词的精彩之处在尾句。丁香之所以“结愁千绪”，也许是它在思忆江南的主人吧。至此，本没有生命的植物便成为作者心志的寄托，表达了词人的满腹愁绪，从而抒发了词人在“落木萧萧”的环境下，彷徨无主、孤寂苦闷的复杂情绪。

韩元吉

韩元吉（1118—1187），南宋词人，字无咎，号南涧，开封雍邱（今河南开封市）人。韩元吉词多抒发山林情趣，如《柳梢青》“云淡秋云”、《贺新郎》“病起情怀恶”等。著有《南涧甲乙稿》《南涧诗余》等，存词80余首。

春来茗叶还争白，腊尽梅梢尽放红

送陆务观福建提仓

宋·韩元吉

觥船相对百分空，京口追随似梦中。
落纸云烟君似旧，盈巾霜雪我成翁。
春来茗叶还争白，腊尽梅梢尽放红。
领略溪山须妙语，小迂旌节上凌风。

注释

务观：南宋爱国诗人陆游的字。

觥船：载酒之船，或指代容量大的饮酒器。

京口：今江苏镇江。

落纸云烟：形容书法或诗文高超玄妙。

盈巾霜雪：古人喜戴头巾，这里意为满头白发。

茗叶：茶叶。这里指乌龙茶系中的珍品白叶茶。

迂：绕远。

旌节：古代使者所持之节，以为凭信。

凌风：亭名，在福建建安。

简析

首句写送别。把酒相对，依依话别，回首当年，竟是百事成空。次句追忆京口旧游。当年陆游任镇江通判，恰好诗人来镇江省亲，两人同游金山，互相酬唱。一年后，诗人改任京官，又来镇江同游。诗人现在回想起这些往事就像在做梦一样。

第三句是称赞陆游虽然入蜀多年，但诗文依旧，不输昔日。第四句则是诗人感叹自己未能多为国家效力，却已经成了老翁。这两句表达了彼此都有壮志未酬的感慨。

接着五、六两句，借景抒情。陆游到福建时已是来年的春天，那里的白叶茶该争先长出白色的芽叶了。而此时，腊尽春回，红梅都是一片嫣红。

结尾两句，以慰行人，并回应前文。诗人和陆游在壮年的时候，都曾任官闽中，彼此对闽中风景名胜是非常熟悉的。所以结笔前一句是希望陆游用妙语再次领略那里的溪山。诗人守建安的时候，曾登过那里的凌风亭。建安地近福州，所以结句语意双关，希望陆游此去福州，不妨稍为绕点路，登上凌风亭，以慰诗人平生了。

背景

南宋孝宗淳熙五年（1178）秋，陆游官拜提举福建常平茶盐公事，暂时回到山阴（今浙江绍兴）故居休假，在冬季起程赴任之前，韩元吉前来送行，临分手之际，写下了这首赠别诗。

名家点评

马祖熙：全诗前四句深情忆旧，后四句寓情于景，着笔不多，语言真挚。(《宋诗鉴赏辞典》)

孙道绚

孙道绚，生卒年均不详，号冲虚居士，宋代建安（今福建建瓯）人。善诗词，笔力甚高。遗词六首。30岁丧夫，守志以终。生平著词甚富，晚以火毁。有《冲虚居士词》。

等闲老去年华促，只有江梅伴幽独

滴滴金·梅

宋·孙道绚

月光飞入林前屋。风策策，度庭竹。夜半江城击柝声，动寒梢栖宿。

等闲老去年华促，只有江梅伴幽独。梦绕夷门旧家山，恨惊回难续。

注释

策策：象声词，此处形容风声。

柝：俗称梆子，用于巡夜打更。

梢：指树梢。

栖宿：以动词作名词，借指鸟类。

夷门：原为战国时大梁东门。

简析

上片勾画词人的生活环境。“飞”字，从不眠者眼中反映出月光的形态。“策策”，写出了漂泊异地之情。竹声未了，柝声响起，更使词人心情浮躁。“动寒梢栖宿”，也许是栖鸦，也许是栖鹊，也许是半夜听到的柝声，它们都躁动了起来。

下片深入刻画词人的内心世界，抒发爱国之情。“等闲老去年华促”，说明词人已经年老。这里不是嗟叹一生庸碌无为，而是感慨人生短暂。漂泊江城，壮年守寡，唯有江梅相伴，此境极为凄惨。末二句点明题旨所在。不管月光如何让人无眠，也不管竹声、柝声如何扰人清睡，词人入梦了。词人梦中回到夷门，但被惊醒后，欲重续旧梦已不可能，于是陷入了深深的悲哀。

背景

孙道绚乃中原人，盛年居孀。在金兵南下之际，她同李清照一样，“漂零遂与流人伍”，流徙江南，只身居住在临江的城市镇上，屋前种着树木，庭中长满绿竹。作此词时，孙道绚恐亦40多岁。

刘 著

刘著，生卒年均不详，字鹏南，舒州皖城（今安徽潜山）人。年60余始入翰林，充修撰。后出守武遂，终于忻州刺史。皖有玉照乡，既老，号玉照老人，以示不忘其本。著善诗，与吴激常相酬答。

江南几度梅花发，人在天涯鬓已斑

鹧鸪天·雪照山城玉指寒

宋·刘著

雪照山城玉指寒，一声羌管怨楼间。江南几度梅花发，人在天涯鬓已斑。

星点点，月团团。倒流河汉入杯盘。翰林风月三千首，寄与吴姬忍泪看。

注释

玉指：比喻女子洁白如玉的纤指。

羌管：即羌笛，出自古代西部羌族的一种管乐器。

楼间：空楼的意思。

团团：形容月圆。

河汉：指银河。

翰林：指李白。刘著曾入翰林，故此处以李白自比。

吴姬：吴地（即江南）一带的美女。此处借指曾经相好的女子。

简析

上片写别离滋味。“雪照山城玉指寒，一声羌管怨楼间”，追怀往日那次难忘的离别场面。“玉指寒”，既点出冬天的时节，又表示离人心上的凄苦寒意。羌管悠悠，离愁满目。然后由笛怨声声到梅花几度，暗示着江南的梅花几度开落，无情的岁月早已染白了主人公的双鬓。

下片抒思念之情。除了诗和酒，世上没有什么能寄托自己的思恋，消遣自己的愁怀。先说饮酒。“倒流河汉”，等于说吸尽银河，恨不得令银河倒流，让时光倒转，把自己的一腔郁闷驱除干净。然而，酒入愁肠，化作的毕竟是相思泪。紧接着借助欧阳修《赠王介甫》的“翰林风月三千首”，将愁情满纸的三千诗篇，寄给伊人，将会带给她新的悲哀。

背景

刘著的这首词，从“寄与吴姬”的字面看，当是作者入金后客居北地时怀念远在江南的一位女子的怀人之作，貌似“香艳”的爱情词，实际上蕴含着刻骨铭心的亡国之恨。

名家点评

〔清〕陈廷焯：风流酸楚。(《词则·闲情集》)

陆 游

陆游（1125—1210），字务观，号放翁，越州山阴（今绍兴）人，南宋爱国诗人。历任福州宁德县主簿、敕令所删定官、隆兴府通判等职，因坚持抗金，屡遭主和派排斥。陆游性格豪放，胸怀壮志，在诗歌风格上追求雄浑豪健，形成了气势奔放、境界壮阔的诗风。其诗语言平易晓畅，章法整饬谨严，在南宋诗坛上占有重要的地位。

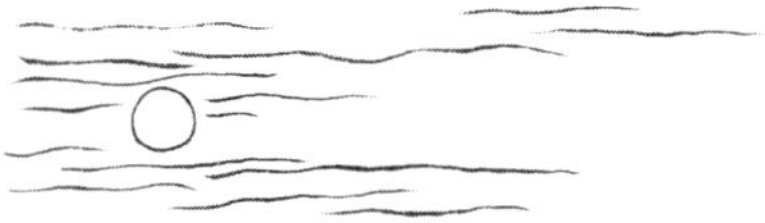

何方可化身千亿，一树梅花一放翁

梅花绝句（其一）

宋·陆游

闻道梅花坼晓风，雪堆遍满四山中。
何方可化身千亿，一树梅花一放翁。

注释

坼：裂开，这里是绽开的意思。
雪堆：梅花盛开像雪堆似的。
何方：有什么办法。

简析

诗人以生动形象的语言表达了他对梅花的挚爱。一个“坼”字，生动地表现了梅花在清晨凛冽的寒风中傲然绽放。“雪堆遍满四山中”，景象开阔，放眼四顾，一树树梅花开遍山野，犹如皑皑的白雪，极为壮观，显示出梅花不畏严寒、果敢独立的气势。仅仅两句话，语句干净利落，却耐人寻味。前两句写梅，是为了后两句做陪衬。“身千亿”和“一放翁”，仅仅几个字，既表现了诗人对梅花的依恋、爱护，又流露出自己孤傲、清高的情操。诗人以梅花那不屈不挠的精神，隐喻自身落寞孤高的情怀，凸显他超凡脱俗的人格。

背景

写此诗时，陆游已经78岁，闲居在故乡山阴，借咏梅来宣泄自己落寞孤高的情绪。

欹帽垂鞭送客回，小桥流水一枝梅

定风波·进贤道上见梅赠王伯寿

宋·陆游

欹帽垂鞭送客回，小桥流水一枝梅。衰病逢春都不记，谁谓？幽香却解逐人来。

安得身闲频置酒，携手，与君看到十分开。少壮相从今雪鬓？因甚？流年羁恨两相催。

注释

进贤：今江西省进贤县。

王伯寿：词人的友人。

欹帽：帽子歪着戴。

羁恨：旅途的愁苦。

简析

词的上片写送客归来的途中，看见桥边的寒梅，感叹自己常年衰病，已不能感知季节的更替。用“小桥”“流水”“一枝梅”三个意象构成一幅凄凉孤单的图画，“一枝梅”不仅是写梅花的枝数之少，而且凸显词人的形单影只，更暗喻了词人不随波逐流、同流合污的高洁品质。

下片写与友人之间的深厚情谊，期盼能一身清闲，时常和友人把酒赏花，奈何如今鬓发如雪。“流年羁恨”更是直接抒发词人对流水的岁月，以及羁留他乡的憾恨。全词通过描写送友人离开后的所见所感，含蓄地抒发了心中的愤懑之情。

背景

这首词是陆游在乾道元年（1165）隆兴（今江西南昌）道上写的。宋孝宗年间，陆游在福建、江西等地任职，但始终无法得到真正为国效力的机会，他时常对闲置的命运、烦琐无聊的公务感到厌倦。

杨万里

杨万里（1127—1206），字廷秀，号诚斋，吉州吉水（今江西吉水）人，南宋爱国诗人。与陆游、尤袤、范成大并称“南宋四家”（又作“中兴四大家”）。杨万里一生作诗两万多首，传世作品有4200首，被誉为一代诗宗。其诗大多描写自然景物，语言浅近明白、清新自然。

梅子留酸软齿牙，芭蕉分绿与窗纱

闲居初夏午睡起（其一）

宋 · 杨万里

梅子留酸软齿牙，芭蕉分绿与窗纱。
日长睡起无情思，闲看儿童捉柳花。

注释

梅子：一种味道极酸的果实。

无情思：没有情绪，指无所适从，不知做什么好。思，情绪。

捉柳花：戏捉空中飞舞的柳絮。柳花，即柳絮。

简析

这首诗写午睡初起，没精打采，当看到追捉柳絮的儿童时，童心复萌，便不期然地沉浸其中了，写出了作者闲适的情绪，全诗充满生活情趣。

首二句“梅子留酸软齿牙，芭蕉分绿与窗纱”选用了梅子、芭蕉两个特征鲜明的物象点明初夏季节。梅子味道很酸，吃过之后，余酸还残留在牙齿之间；芭蕉初长，而绿荫映衬到纱窗上。“软”字，表现出他闲散的意态。后二句“日长睡起无情思，闲看儿童捉柳花”表明夏日昼长，百无聊赖之意。春去夏来，日长人倦，午睡后起来，情绪无聊，闲着无事观看儿童戏捉空中飘飞的柳絮。闲居的诗人，在初夏长长的午睡之后，内心无所牵绊，在绿荫环抱的庭院，悠闲地看着儿童扑捉戏玩空中飘飞的柳絮，心情格外舒畅。诗中用一个“闲”字，不仅淋漓尽致地把诗人心中那份恬静闲适和对乡村生活的喜爱之情表现出来，而且非常巧妙地呼应了诗题。

背景

诗写芭蕉分绿，柳花戏舞，诗人情怀也同有景物一样清新闲适，童趣横生。

名家点评

〔宋〕罗大经：杨诚斋丞零陵时，有《春日绝句》云：“梅子留酸软齿牙，芭蕉分绿与窗纱。日长睡起无情思，闲看儿童捉柳花。”张紫岩（浚）见之曰：“廷秀胸襟透脱矣。”（《鹤林玉露》卷十四）

〔清〕王端履：“梅子留酸”“芭蕉分绿”已是初夏风景，安得复有柳花可捉乎？（《重论文斋笔录》卷九）

张孝祥

张孝祥（1132—1170），字安国，号于湖居士。宋朝词人。著有《于湖集》40卷、《于湖词》1卷。其才思敏捷，词豪放爽朗，风格与苏轼相近，孝祥“尝慕东坡，每作为诗文，必问门人曰：‘比东坡如何？’”

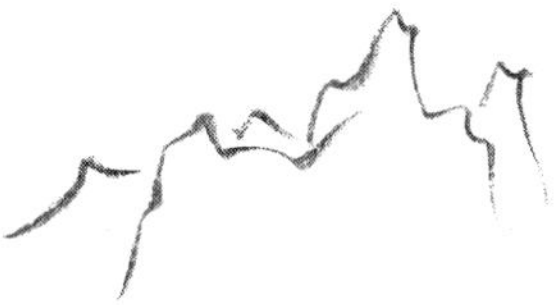

试问梅花何处好，与君藉草携壶

临江仙·试问梅花何处好

宋·张孝祥

试问梅花何处好，与君藉草携壶。西园清夜片尘无。一天云破碎，两树玉扶疏。

谁揿昭华吹古调，散花便满衣裾。只疑幽梦在清都。星稀河影转，霜重月华孤。

注释

藉草：以草荐地而坐。

玉扶疏：指梅枝舒展。

揿：用手按。

昭华：古代管乐器名。
古调：指笛曲《梅花落》。
清都：指北宋都城汴梁。

简析

这首词营造了清冷、幽静的氛围，表达了词人对梅花的喜爱之情，抒发了词人月夜静处的孤寂之情，寄托了词人怀念故都的忧伤之情。

上片写月夜对酒赏梅，是实景。首句直接一个问句，表达了词人寻梅的急切心情。接着就道出西园的景象：夜色澄明、碎云满天、梅枝舒展。

下片写忽然听到《梅花落》，是虚景。最后的稀星、河影、重霜、月华四个意象组成完美的一幅画；移情于景，以月华之孤映衬作者的孤寂。

朱淑真

朱淑真（约1135—约1180），号幽栖居士，南宋著名女词人，是唐宋以来留存作品最丰富的女作家之一。钱塘（今浙江杭州）人，祖籍歙州（治今安徽歙县）。与李清照齐名。生于仕宦之家。其余生平不可考，素无定论。现存《断肠诗集》《断肠词》传世，是劫后余篇。

缱绻临歧嘱付，来年早到梅梢

清平乐·风光紧急

宋·朱淑真

风光紧急，三月俄三十。拟欲留连计无及，绿野烟愁露泣。

倩谁寄语春宵？城头画鼓轻敲。缱绻临歧嘱付，来年早到梅梢。

注释

倩：叫人代为，读qing。

画鼓：唐宋时城楼定时击鼓，为城坊门启闭之节，日击二次，五更三筹击后，听人行。昼漏尽击后，禁人行。

临歧：指古人送别在岔路口处分手。

简析

词人全篇化用唐贾岛的《三月晦日赠刘评事》“三月正当三十日，风光别我苦吟身。共君今夜不须睡，未到晓钟犹是春”之意。

上片的“风光”与“紧急”搭配很奇特，引出了词人强烈的留春之意。紧接着“三月俄三十”，此意则跃然纸上。“三十（日）”，点出暮春之“暮”。“俄”字更是渲染了紧迫的气氛。三十日，春天就要消逝了。想把春天留下来，那“拟欲留连”者是谁呢？似乎是作者本人，又似乎是下句的“绿野”。暮春时节，万物都为没有办法留住春天而感伤。词人将自然景物人格化了，先写紧催，后写苦留，感情更显浓烈。

下片以“春宵”点睛。“倩谁”呢？“城头画鼓轻敲”。“临歧”二字把“送别”的意味表现得更加明显。最后一句“来年早到梅梢”是“临歧嘱付”的“缱绻”情话。让春天来年请早，盼归之心急切，更显惜春感情的强烈。

万俟咏

万俟咏，生卒年均不详，北宋末南宋初词人。字雅言，自号词隐、大梁词隐。据王灼《碧鸡漫志》卷二记载："元祐时诗赋老手。"但屡试不第，于是绝意仕进，纵情歌酒。自号"大梁词隐"。善工音律，能自度新声。词学柳永，存词27首。

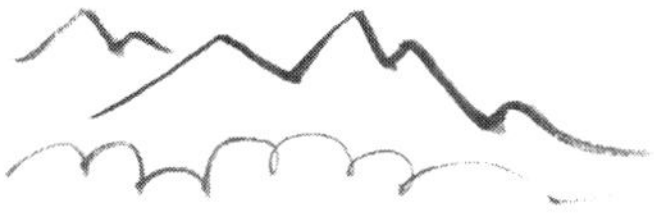

梅花向来始别，又匆匆、结子满枝头

木兰花慢·恨莺花渐老

宋·万俟咏

恨莺花渐老，但芳草、绿汀洲。纵岫壁千寻，榆钱万叠，难买春留。梅花向来始别，又匆匆、结子满枝头。门外垂杨岸侧，画桥谁系兰舟？

悠悠。岁月如流。叹水覆、杳难收。凭画栏，往往抬头举眼，都是春愁。东风晚来更恶，怕飞红、拍絮入书楼。双燕归来问我，怎生不上帘钩？

注释

岫：峰峦。

寻：古代长度单位，八尺为寻。

结子满枝头：相传杜牧游湖州时看中一少女，与其母约定十年之内来娶。过十四年，杜牧为湖州刺史，访该女，她则已出嫁并生有两子。杜牧怅然为诗曰："自是寻春去校迟，不须惆怅怨芳时。狂风落尽深红色，绿叶成阴子满枝！"

简析

上片从惜春写起。开头三句，写春事阑珊。接着三句，以夸张的手法，感叹没有办法留住春天。其中，借"榆钱"而拈出"难买"。"梅花"二句，以梅花寄恨，惜春之情更浓。"结子满枝头"化用典故，借以透出他伤春的个中因素。最后二句，进一步揭示，那垂杨岸边曾是他与情人幽会的地方，此时风景依旧，但柳下无人系舟，再也看不到她了。

过片四句，连用两个比喻，感叹岁月如流水，往事不可追。"凭画栏"三句，写词人想凭栏眺望，以疏解愁绪，但触目的都是引发春愁的景物。"东风"两句写词人转头不看触目伤心的残春景色，但落花和柳絮还是被东风卷入了书楼。结尾两句以拟人和问句的形式，将成双的燕子与主人公的孤单加以对比，刻画主人公痛苦于无法回避外物引发的春愁。

背景

此词托为惜春，实际上抒写万俟咏与一位恋人诀别的情事，其事已不可考。

赵长卿

赵长卿，号仙源居士，江西南丰人。宋代著名词人。从作品中可知他少时孤洁，厌恶王族豪奢的生活，后辞帝京，纵游山水，居于江南，遁世隐居，过着清贫的生活。他同情百姓，友善乡邻，常作词呈乡人。晚年孤寂消沉。《四库提要》云：“长卿恬于仕进，觞咏自娱，随意成吟，多得淡远萧疏之致。”现有《惜香东府》传世。

角声吹彻小梅花，夜长人忆家

阮郎归・客中见梅

宋・赵长卿

年年为客遍天涯，梦迟归路赊。无端星月浸窗纱，一枝寒影斜。

肠未断，鬓先华，新来瘦转加。角声吹彻小梅花，夜长人忆家。

注释

赊：遥远。

新来：最近以来。

小梅花：乐曲名。

简析

“年年为客”，写漂泊时间之长；“遍天涯”，写漂泊地方之远。一个“赊”字，体现了连归家的好梦都遥遥无期，使客子连暂消思愁的机会都没有。

“无端星月浸窗纱，一枝寒影斜。”忽然见到那浸透了星光和月色的窗纱上，映照出一枝梅花的斜影。一笔便写出梅花清绝、高傲的神韵。

“肠未断，鬓先华。”转笔不继续写梅花，而写人。纵使肠未被愁断，两鬓也早生了白发。人自然是“新来瘦转加”，一天天憔悴下去了。当角声吹彻《小梅花》之曲时，正是梅花伤心难过之时。

结句“夜长人忆家”点出主题。漫漫长夜，想起远方的家。

这首词使人通过清冷的寒梅，明晰地体味出词人沦落他乡的悲苦。全词意境清幽，委婉含蓄，耐人寻味。

背景

这首词大约为赵长卿考取仕途后辞官离京，纵情山水，居于江南，遁世隐居时期写的。

辛弃疾

辛弃疾（1140—1207），字幼安，号稼轩，历城（今山东济南）人。南宋豪放派词人，与苏轼合称“苏辛”，与李清照并称“济南二安”。其词题材广泛，艺术风格多样，以豪放为主，风格沉雄豪迈又不乏细腻柔媚之处。有词集《稼轩长短句》等传世。

老去惜花心已懒，爱梅犹绕江村

临江仙·探梅

宋·辛弃疾

老去惜花心已懒，爱梅犹绕江村。一枝先破玉溪春。更无花态度，全有雪精神。

剩向空山餐秀色，为渠著句清新。竹根流水带溪云。醉中浑不记，归路月黄昏。

注释

心已懒：情意已减退。

玉溪：形容梅花所处之地的高洁。

剩向：尽向。

渠：他人，此处指梅。

浑不记：含有物我莫辨之意。

简析

上片头两句一上来就表明了作者近来的心境和态度：已经不大爱惜花朵了，但还爱那几枝犹绕江村的梅花，凸显了梅花的不凡。下三句写梅在冰雪严寒中的风骨和姿态，借咏梅来咏己，讥嘲世俗而自抒胸怀，于雪梅中可见人的精神品格。

下片因爱梅而赋清新之诗，梅傲霜雪，独守空寒。借此说自己远离朝堂，既不能解庙堂之忧，又不能戎马倥偬、驰骋沙场，只得寄情山水秀色，寻醉于杯酒之间。词末数句，“竹根”“流水”“溪云”，多么美的一个画面。作者陶醉于眼前的美景，浑然忘了时间，不知不觉已黄昏。作者壮志难酬，只能与山水遣怀，从雪梅那里寻找到精神和人格的寄托，于自然美景中求得片时的安乐。

背景

神宗淳熙九年（1182）至光宗绍熙三年（1192），辛弃疾落职闲居，在江西上饶北灵山下的带湖十易寒暑。这首《临江仙》即作于此时。

却笑东风，从此便薰梅染柳，更没些闲

汉宫春·立春日

宋·辛弃疾

春已归来，看美人头上，袅袅春幡。无端风雨，未肯收尽余寒。年时燕子，料今宵、梦到西园。浑未办、黄柑荐酒，更传青韭堆盘。

却笑东风，从此便薰梅染柳，更没些闲。闲时又来镜里，转变朱颜。清愁不断，问何人会解连环。生怕见花开花落，朝来塞雁先还。

注释

春幡：古代立春，好剪彩纸为燕形戴在头上，以示迎春，叫春幡。

西园：汉都长安西邦有上林苑，北宋都城汴京西门外有琼林苑，都称西园，专供皇帝打猎和游赏。此指后者，以表现作者的故国之思。

更传：更谈不上相互传送。

堆盘：古时之春，做五辛盘，用黄柑酿酒，称作洞庭春色。

简析

上片写大地春回的风景。作者以一“看”字，将春天的气息通过妇女们立春日的头饰——春幡体现出来，暗示作者对于春归的喜悦。下一句没有顺着写下去，反而挑一笔，写对阻碍春来的风雨的幽怨。接着突然写到燕子，用比兴手法表达自己怀念故国的感情。而燕子只能“梦”而不能“到”西园，暗示西园所在的汴京，依然被金人占领，所以作者徒有故国之思，却不能一探故里。最后重新写立春日的风光。黄柑荐酒、青韭堆盘是立春日必备的食品，但作者现在无心准备，而且显得心烦意乱。作者没有直言原因，但通过上下文，可以明白，是强烈的故国之思和英雄无用的悲伤，使作者已无心于节日应酬。

下片以一“笑”字，打散上片中的烦乱情绪。一笑东风从此不得消闲，薰梅染柳；二笑东风清闲时，把镜中人的朱颜变得衰老。春天越来越美，而作者越来越衰老，作者是含着泪水“笑”的。因为春永在而人易老，作者感觉到英雄无用而徒任芳华流逝的生命悲哀。接着用“解连环”的典故，表明作者越积越多的清愁，正像一个不见首尾的连环，不打碎无法解开，也就是说，这是一种与生命共始终的感情。此处“问何人”一语，写作者被深沉的家国之情、生命之悲所环绕，想摆脱但又没有办法摆脱的痛苦。它含蓄地表明了对于南宋统治者不思收复失地、放废英雄的埋怨。最后一句，写到了暮春，作者怕见花开花落和大雁北还的心情，伤痛于人不如雁，雁可归而人不能回。

背景

辛弃疾南归后所写。

名家点评

〔明〕潘游龙：“却笑”至“变朱颜”等句妙。(《古今诗余醉》)

〔清〕陈廷焯：稼轩词其源出自楚骚，起势飘洒。(《白雨斋词话》)

酒罢归对寒窗，相留昨夜，应是梅花发

念奴娇·洞庭春晚

宋·辛弃疾

洞庭春晚，旧传恐是，人间尤物。收拾瑶池倾国艳，来向朱栏一壁。透户龙香，隔帘莺语，料得肌如雪。月妖真态，是谁教避人杰。

酒罢归对寒窗，相留昨夜，应是梅花发。赋了高唐犹想象，不管孤灯明灭。半面难期，多情易感，愁点星星发。绕梁声在，为伊忘味三月。

注释

难期：难以实现。

星星发：斑白之发。

简析

“尤物”二字，一方面说它极美，另一方面也暗示所咏之物为梅。“收拾”二句写其来历，说它是从瑶池移到朱栏这边来的倾国仙株，进一步暗示词人所咏的是梅。“透户”三句写其特点：玉肌冰骨、清香扑鼻。结尾二句进一步揭示其无与伦比的美。

“酒罢”三句追忆昨夜所见，直接点明所咏之物为梅。“赋了”二句写昨夜的赏梅给词人留下了深刻而美好的印象，久久不能忘怀。“半面”三句说如此美好的景象恐难再遇，然而多情的人易于伤感，以致愁白了头。结尾二句写对梅的印象之深刻，经久不忘。

背景

宋光宗绍熙元年（1190）或二年，作者罢官，一直闲居在带湖家中，春天的一个晚上独自饮酒微醉，闻见花香，思念故人，因此写下这首词。

名家点评

吴世昌：稼轩《念奴娇》（洞庭春晚）亦咏人有赠，那咏丹桂。丹桂岂有“肌如雪”，岂有绕梁歌声。

梅似雪，柳如丝，试听别语慰相思

鹧鸪天·送欧阳国瑞入吴中

宋·辛弃疾

莫避春阴上马迟，春来未有不阴时。人情展转闲中看，客路崎岖倦后知。

梅似雪，柳如丝，试听别语慰相思。短篷炊饭鲈鱼熟，除却松江枉费诗。

注释

短篷：有篷的小船。

炊饭：广信书院本原作吹饭，今依四卷本乙集改。

简析

上片写别时。一开始就劝勉欧阳国瑞不要再因“春阴”而逗留不去，应早日出发，因为整个春天都没有不阴的时候。因为春阴不走，本来只能是欧阳的借口，其真实的原因，一是留恋故乡和友人；二是因为畏怯前途难料、世路坎坷。词人借“春阴”来说意，而欧阳国瑞也懂他的意思。接着词人以自己的人生经历，谈“人情”与“客路”。

下片写别后相思。古人有折梅枝以寄友人，也有折柳枝以赠行人，以梅柳这两种与别情、友情有关的意象起句，表达词人和欧阳之间的深厚友谊，尤其是听着离别的安慰相思的言语。结尾是殷殷关怀之语。这两句，蕴含了词人在吴中的生活经验，也化用了晋代张翰的“鲈鱼”典故，流露出词人对闲散生活的向往。

背景

辛弃疾晚年闲居瓢泉时，江西铅山人欧阳国瑞游吴中，临别之际，他写了这首词。

赵　蕃

赵蕃（1143—1229），字昌父，号章泉，原籍郑州。赵蕃是南宋中期著名诗人，他和当时居住在上饶的韩淲（号涧泉）是很要好的朋友，二人齐名，号称“上饶二泉”，同为江西诗派的殿军人物。有《章泉集》。

莫嗟草色有垂死，定有梅花当返魂

雨后赠斯远

宋·赵蕃

已是霜凝更雨湿，春其渐起但无痕。
莫嗟草色有垂死，定有梅花当返魂。
小驻要须穷日日，细寻无惜遍村村。
揩摩病眼从兹始，并待君诗洗睡昏。

注释

斯远：诗人的朋友，生平事迹不详。

垂死：此指草木枯萎。

揩摩：按摩。

病眼：眼因昏睡而懒于睁开，故称病眼。

简析

首联的“霜凝”点出季节是在深秋，因为霜降是秋天的最后一个节气。诗人面对降霜和下雨的深秋，并不慨叹秋天的悲凉，也不畏惧即将来临的严冬，而是觉得春天要来了。颔联紧承首联，展示春天渐渐到来的情景——在草色枯萎的时候，梅花正等待着绽放。尽管梅花绽放在冬末春初，深秋见不到早梅，但梅花之魂已在悄悄回来的路上。颈联的“要须”“无惜”，表现了诗人惜春、寻春的急切心情。尾联诗人回归自我，希望自己好起来能有所作为，并呼应题目中的“赠斯远”。

背景

赵蕃在肃杀的秋冬时节写下这首诗。

名家点评

〔元〕方回：章泉（赵蕃字）爱用虚字拗斡，不专以为眼也。如“春其渐起但无痕”，所用“其”字是矣。此句甚妙。……“日日”“村村”一联，亦不苟，劲瘦枯淡。（《瀛奎律髓》）

王庭筠

王庭筠（1156—1202），金代文学家、书画家。字子端，号黄华山主、黄华老人、黄华老子，别号雪溪。庭筠文名早著，金大定十六年（1176）进士，历官州县，仕至翰林修撰。文词渊雅，字画精美，《中州雅府》收其词作16首，以幽峭绵渺见长。

竹影和诗瘦，梅花入梦香

绝句

金·王庭筠

竹影和诗瘦，梅花入梦香。
可怜今夜月，不肯下西厢。

注释

可怜：可爱。

西厢：中国传统建筑四合院里西边的房子。

简析

一个“瘦”字把“竹”和“诗”二者紧密地联系在一起。竹的形象、诗的风格，都有清瘦之感。“瘦”字用得很生动，为全诗定下了清瘦的意境氛围。“入梦香”将现实与梦境联系在一起。梅花在月光下散发的清香，伴随着诗人进入梦乡。竹与梅这样的自然之物和诗与梦这样的现实之物，构成了情景交融的奇妙意境。前两句没有一个“月”字，但透过竹影，可以感受到“月”。接着在后两句中，诗人说“可怜今夜月”。月光与竹影、梅香是那样一幅和谐的景象；而回到西厢房时，月光却不能“下”，这多么令人遗憾！

背景

诗人夜间信步庭院之时，看到竹影、梅花等后心生一股说不清道不明的朦胧感受，遂写出此诗。

刘 过

刘过（1154—1206），南宋文学家，字改之，号龙洲道人。吉州太和（今江西泰和县）人，长于庐陵（今江西吉安）。四次应举不中，流落江湖间，布衣终身。曾为陆游、辛弃疾所赏，亦与陈亮、岳珂友善。词风与辛弃疾相近，抒发抗金抱负，狂逸俊致，与刘克庄、刘辰翁享有“辛派三刘”之誉，又与刘仙伦合称为“庐陵二布衣”。有《龙洲集》《龙洲词》《龙洲道人诗集》。

逋曰不然，暗香浮动，争似孤山先探梅

六州歌头·寄稼轩承旨

宋·刘过

寄辛承旨。时承旨招，不赴。

斗酒彘肩，风雨渡江，岂不快哉。被香山居士，约林和靖，与东坡老，驾勒吾回。坡谓西湖，正如西子，浓抹淡妆临镜台。二公者，皆掉头不顾，只管衔杯。

白云天竺飞来，图画里、峥嵘楼观开。爱东西双涧，纵横水绕，两峰南北，高下云堆。逋曰不然，暗香浮动，争似孤山先探梅。须晴去，访稼轩未晚，且此徘徊。

注释

辛承旨：即辛弃疾。因其曾于开禧三年（1207）被任为枢密院都承旨而得名，不过那时刘过已死，“承旨”二字可能是后人加的。

斗酒彘肩：《史记》载，樊哙见项王，项王赐与斗卮酒（一大斗酒）与彘肩（猪前肘）。

香山居士：白居易晚年自号。

林和靖：林逋。

驾勒：强拉。

简析

上片写词人想赴辛弃疾的邀请，但又不能去。

前三句用典，出自《史记·项羽本纪》。词人想象自己在风雨中渡过钱塘江，来到辛弃疾的住所，一定是一件特别痛快的事情。就在出发之际，词人被“驾勒吾回”——被白居易、林逋、苏轼拉了回来，这四个字写出了他的无可奈何。作者把不同时代的三个诗人放在一起，说林逋、白居易只顾着喝酒，对苏东坡的提议毫无兴趣。

下片开端紧接上文写白居易的意见。

白居易说到天竺去，那里如画如卷。接着六句化用白诗而成，用“爱”字将天竺美景尽情描绘而出，给人以身临其境之感。“暗香浮动，争似孤山先探梅”，词人化用三位诗人描写杭州风景的名句，再现了孤山寒梅的雅致与芬芳。最后三句的“晴”字，与上片的“风雨渡江”遥相呼应，可当作“晴天”

讲。但是，从词的主旨来看，它似有“清醒”的意味，其隐隐地说自己迷恋于杭州美景，赴约之事，待我清醒过来再说。

背景

这首词作于宋宁宗嘉泰三年（1203），当时辛弃疾担任浙东安抚使，邀请刘过到绍兴府相会，刘过因事无法赴约，便在杭州写了此词以作答复。

名家点评

〔宋〕俞文豹：稼轩帅越，招改之，不去，而寄《沁园春》曰：“斗酒彘肩”云云。此词虽粗刺而局高，与三贤游，固可眇视稼轩，视林、白之清致，则东坡所谓“淡妆浓抹”，已不足道。稼轩富贵，焉能浼我哉！

〔宋〕黄昇：刘改之，豪爽之士。辛稼轩帅越，刘寓西湖，稼轩招之，值雨，答以《沁园春》词，甚奇伟。

泛菊杯深，吹梅角远，同在京城

柳梢青·送卢梅坡

宋·刘过

泛菊杯深，吹梅角远，同在京城。聚散匆匆，云边孤雁，水上浮萍。

教人怎不伤情？觉几度、魂飞梦惊。后夜相思，尘随马去，月逐舟行。

注释

卢梅坡：南宋诗人。

吹梅：吹奏《梅花落》。

简析

上片写离别苦楚。“泛菊杯深”化用陶渊明《饮酒·秋菊有佳色》的诗意，描写重阳佳节两人共饮菊花酒的情景；“吹梅角远”化用李清照“染柳烟浓，吹梅笛怨”的词句，描写春暖花开之时，两人郊游同赏笛曲《梅花落》的情景。离别之时，词人与好友依依不舍。“聚散”二字承上启下。“云边孤雁，水上浮萍”两句哀婉动人，暗含分别之后，两人如云边的孤雁和水上的浮萍，无法找到志同道合的知己。

下片写别后相思。孤独的词人怎能不“伤情”？友人离去后，他失魂落魄，甚至无法入眠。“后夜相思，尘随马去，月逐舟行”三句化用苏味道“暗尘随马去，明月逐人来”的句意和贺铸“明月多情随柁尾”的句意，表达分别之后词人的心像马后的飞尘和天上的明月一样，仍紧紧追随着好友。

背景

卢梅坡是刘过的好友，二人曾同游杭州。分别时，刘过为了感怀与卢梅坡的交往和友谊，写下这首词。

卢梅坡

卢梅坡，生平事迹均不详，南宋诗人，《全宋词》录其《鹊桥仙》等4首。“梅坡”应该也不是他的名字，而是他自号为梅坡，到现在他的原名和原字都散佚了，独留下一个卢梅坡的名字。与刘过是朋友，以两首《雪梅》留名千古。

梅雪争春未肯降，骚人阁笔费评章

雪梅二首（其一）

宋·卢梅坡

梅雪争春未肯降，骚人阁笔费评章。
梅须逊雪三分白，雪却输梅一段香。

注释

降：服输。

骚人：诗人。

阁：同“搁”，放下。

评章：评文章，这里指评梅与雪的高低。

简析

前两句写梅雪争春，要诗人评判。首句采用拟人的手法写梅花与雪花相互竞争，都认为自己占尽了春色，互不认输。这其实就侧面地将早春的梅花与雪花之美表现了出来。次句写诗人左右为难，难以评判高低。诗人原本以为一挥而就，但由于难以评判，只好放下笔来思索。

后两句是诗人思索过后对梅与雪下的评语。就洁白而言，梅比雪要差一些，但是雪却没有梅花的香味。“三分”形容差得不多，“一段”将香气物质化，使人觉得香气可以测量。这样将梅和雪的特点用两句诗表达出来，实在是妙趣横生。

背景

这两首诗具体创作年代已无法考证，当作于宋末的一个初春日，梅花开放，卢梅坡赏玩之时。

有梅无雪不精神，有雪无诗俗了人

雪梅二首（其二）

宋·卢梅坡

有梅无雪不精神，有雪无诗俗了人。
日暮诗成天又雪，与梅并作十分春。

注释

精神：神韵。

日暮：指太阳快落山的时候。

十分春：全部的春天。

简析

第二首主要写梅与雪以及它们与诗之间的关系。首句写梅与雪之间的关系，因为梅令人敬佩的特点是凌寒独立，雪下得越大就越能显示出梅花的这一特点，所以说“有梅无雪不精神”。次句写雪与诗之间的关系。下雪的时候，没有诗文相合，也是非常俗气的。

后两句写梅、雪与诗之间的关系。日暮时分，天空中飘起了雪花，梅花与雪花争相斗妍，蓬勃盛开。面对此情此景，诗人也诗兴大发，两首诗一挥而就。

背景

这两首诗具体创作年代已无法考证，当作于宋末的一个初春日，梅花开放，卢梅坡赏玩之时。

史达祖

史达祖（1163—约1220），字邦卿，号梅溪，汴（河南开封）人，南宋婉约派重要词人，风格工巧，推动宋词走向基本定型。一生未中第，早年任过幕僚。韩侂胄当国时，他是最亲信的堂吏，负责撰拟文书。韩北伐失败后，受黥刑，死于困顿。代表作《双双燕·咏燕》，风格工巧绮丽，让人看出在一个饱受折磨的外表之下是一个灵动轻盈的灵魂。

向消凝里，梅开半面，情满徐妆

夜合花·柳锁莺魂

宋·史达祖

柳锁莺魂，花翻蝶梦，自知愁染潘郎。轻衫未揽，犹将泪点偷藏。忘前事，怯流光，早春窥、酥雨池塘。向消凝里，梅开半面，情满徐妆。

风丝一寸柔肠，曾在歌边惹恨，烛底萦香。芳机瑞锦，如何未织鸳鸯。人扶醉，月依墙，是当初、谁敢疏狂！把闲言语，花房夜久，各自思量。

注释

蝶梦：梦境。语出庄周梦化蝴蝶。

潘郎：指晋朝潘岳。岳少时美容止，故称。后代指貌美的情郎。此处是自喻。

消凝：销魂凝神。

徐妆：半面妆。

芳机瑞锦：指织机织出龙凤彩锦。

简析

上片写相思愁怨，以凄凉的景色渲染悲凉的气氛。开头两句借莺、蝶的“锁”和“翻”，烘托出思妇的愁绪。她看见柳莺发愁，目睹蝶梦破，无比惆怅。接着在第三句中交代自己如此愁闷都是为了情郎。“早春窥”指思妇从早春开始伤心直到暮春。最后两句把开了一半的梅花比做美人的半面妆，想象新颖，突出了思妇的美貌，也表达了她对情郎迟迟不归的怨念。

下片追忆旧情，表现思念恋人的苦痛。“芳机”二句既表达了思妇想与情郎长相厮守的美好愿望，又暗示了此刻与情郎相隔天涯的孤独之情。接着，她回想和情郎月夜幽会的情景。想当初，谁敢放荡轻狂？如今却只能在这漫漫长夜中，各自守着空房，独自思量。词人把思妇初次和情郎幽会时的羞态，生动形象地描绘了出来，以昔日的欢乐反衬今日的悲伤。

背景

本词是史达祖怀念在临安城中的恋人所作。

名家点评

〔宋〕姜夔：邦卿词奇秀清逸，有李长吉之韵，盖能融情景于一家，会句意于两得。(《梅溪词序》)

吴淑姬

吴淑姬，生卒年均不详，失其本名，宋代著名女词人，湖州（今属浙江）人。家贫，貌美，慧而能诗词，与李清照、朱淑真、张玉娘并称“宋代四大女词人”，著有词集《阳春白雪词》五卷。

烟霏霏，雪霏霏，雪向梅花枝上堆

长相思令·烟霏霏

宋·吴淑姬

烟霏霏，雪霏霏，雪向梅花枝上堆。春从何处回？
醉眼开，睡眼开，疏影横斜安在哉？从教塞管催。

注释

霏霏：纷飞的样子。《诗·采薇》：“今我来思，雨雪霏霏。”

从教：任凭。

管：乐器。

简析

上片连用两个“霏霏”，强调气候极其恶劣。一团团的雪堆积到梅花枝上，春天还会有吗？明知道冬天过去，春天就会来临，但眼前恶劣的天气让人不得不怀疑春天是否会到来。不言而喻，词人用这恶劣的自然气候比喻当时的社会环境——蒙受种种冤屈的弱女子承受着来自黑暗社会的重压。她渴望春天快快降临，渴望洗刷不白之冤。

下片憧憬获得自由后的美好情景。月亮出来了，梅枝在月光下疏影横斜，然而，现实是昏暗冷酷的，所以“醉眼开，睡眼开，疏影横斜安在哉”是以设问句提出的，这就与上片的设问承接起来，并进一步强调词人渴望自由的心情。最后以“从教塞管催”作结，意思是既然梅花无法展现它的美丽，就任笛曲吹吧，吹得梅花纷纷飘落也毫不怜惜。这是词人对无奈的现实发出的愤愤不平的呐喊。

背景

吴淑姬是湖州秀才之女，聪慧而能诗词。貌美家贫，为富民之子所霸占，却被人诬为有“奸情”逮捕审判，已定罪判刑。衙中僚吏观审后，置酒席，命她脱枷侍饮，谕之曰：“知汝能长短句，宜以一章自咏，当婉转白待制（知州王十朋）为汝解脱，不然危矣。”女即请题。时冬末雪消，春日且至，命道此景作《长相思令》，捉笔立成，即此词。

名家点评

〔宋〕黄昇：淑姬女流中黠慧者，有词五卷，佳处不减李易安。

〔清〕陈廷焯：古韵俱古。

卢祖皋

卢祖皋（约1174—1224），字申之，一字次夔，号蒲江，永嘉人（今浙江温州人）。南宋宁宗庆元五年（1199）中进士，初任淮南西路池州教授，历任秘书省正字、校书郎、著书郎，累官至权直学士院。遗著有《蒲江词稿》一卷，刊入《彊村丛书》，凡96阕。诗作大多遗失，唯《宋诗记事》《东瓯诗集》尚存近体诗8首。

更那堪、衰草连天，飞梅弄晚

宴清都·初春

宋·卢祖皋

春讯飞琼管。风日薄、度墙啼鸟声乱。江城次第，笙歌翠合，绮罗香暖。溶溶涧渌冰泮，醉梦里、年华暗换。料黛眉重锁隋堤，芳心暗动梁苑。

新来雁阔云音，鸾分镜影，无计重见。啼春细雨，笼愁淡月，恁时庭院。离肠未语先断。算犹有、凭高望眼。更那堪、衰草连天，飞梅弄晚。

注释

飞琼管：古代候气之法，以葭莩灰填律管之内端，气至则灰散。

次第：转眼，顷刻。

溶溶：水盛。

渌：清澈。

冰泮：指冰雪融化。

黛眉：以美人黛眉比喻柳叶。

隋堤：隋代开通济渠，沿渠筑堤，后称为隋堤。

阔：稀缺。

鸾分镜影：借指妇女失偶。

简析

上片写景，描写初春琼管灰飞，啼鸟声乱，江城的无边景色，感叹年华逝去、光阴虚度。“江城”三句借他人的欢乐，衬托出自己的孤寂。“醉梦”“暗换”，写春光易逝和词人浑然不觉的心态。接着以“料”字引出词人对家园爱妻的思念，妙在全从对方此刻思念夫君的心情着笔。

下片抒情，承上启下，由春思人，想到妻子亦必因春至而添愁，借以表现出主人公的惨淡心情。“新来”三句，借雁音阔、鸾影分进一步补充上片最后二句眉锁心动之所指。“啼春”三句以移情手法写春之啼泣而细雨淋漓，愁云笼罩而月光暗淡，词人独守庭院思家。“离肠”二句写词人相思而痛断肠，就算登高望远亦不能消释内心的愁苦。尾句以景结情，表达了无尽的别恨离愁。

背景

春天到来时，卢祖皋因为阔别家园而思念妻子作这首词。

名家点评

〔清〕陈廷焯：此词绝幽怨，神似梅溪高境。(《词则》)

孙惟信

孙惟信（1179—1243），字季蕃，号花翁，开封（今属河南）人。与杜范、赵师秀、翁定、刘克庄等交厚。刘克庄为撰墓志铭，称其“倚声度曲，公瑾之妙。散发横笛，野王之逸。奋神起舞，越石之壮也”。有《花翁集》一卷。存词11首。

空为梅花白了头

南乡子·璧月小红楼

宋·孙惟信

璧月小红楼。听得吹箫忆旧游。霜冷阑干天似水，扬州。薄幸声名总是愁。

尘暗鹔鹴裘。针线曾劳玉指柔。一梦觉来三十载，休休。空为梅花白了头。

注释

璧月：月圆像璧一样。

鹔鹴：水鸟名，雁的一种，长颈，其羽毛可制裘。

简析

上片主要是回忆旧游。首二句以明月和箫声，引出对往事的回忆。接着的二句写天凉似水，栏干挂满秋霜，使词人感到透心的清冷和孤寂。种种情形下，词人不禁想起那“十年一觉扬州梦，赢得青楼薄幸名”的浪荡才子杜牧。尾句“薄幸声名总是愁”正是借这一典故而抒写自己一生疏放，终而落下个薄情冤家的名声。

下片主要是思念妻子。“尘暗”二字承上，总结自己一生四海漂泊。这里还用以引出下文，表达对妻子的怀念。原来这个鹔鹴大氅是妻子亲手缝制的。一个“劳”字表现了词人对妻子的无限感激与思念之情。然而，此时词人已步入晚年。无限愧疚和悔恨之情，全体现在“休休”二字中。结尾“空为梅花白了头”一句更见真情，流露的是辜负爱妻一片真情的懊悔之意。

背景

孙惟信大半生寄身江湖，直至终老，为人以疏放旷达著称，到了晚年，回首往事，百无一悔。唯独在手抚妻子亲手密密缝制的御寒大衣时而产生“空为梅花”之恨，乃至对自己的“薄幸声名”深深自责、自愧、自悔的心理。此词就是作于此种心理之下。

名家点评

〔宋〕沈义父：孙花翁有好词，亦善运意，但雅正中忽有一两句市井话，可惜。(《乐府指迷》)

文及翁

文及翁，生卒年不详，字时学，号本心，绵州（今四川绵阳）人，徙居吴兴（今浙江湖州）。宝祐元年（1253）中一甲第二名进士，为昭庆军节度使掌书记。咸淳元年（1265）六月，出知漳州。有文集20卷。不传。《全宋词》据《钱塘遗事》卷一辑其词一首。

借问孤山林处士，但掉头、笑指梅花蕊

贺新郎·游西湖有感

宋·文及翁

一勺西湖水，渡江来、百年歌舞，百年酣醉。回首洛阳花石尽，烟渺黍离之地，更不复、新亭堕泪。簇乐红妆摇画舫，问中流击楫何人是？千古恨，几时洗？

余生自负澄清志，更有谁、磻溪未遇，傅岩未起？国事如今谁倚仗？衣带一江而已。便都道、江神堪恃。借问孤山林处士，但掉头、笑指梅花蕊。天下事，可知矣！

注释

渡江：指宋高宗建炎元年渡过长江，在杭州建都。

洛阳：借指北宋故都汴京，亦借以泛指中原。

新亭：又名劳劳亭，建于三国吴时，位于南京。

簇乐：多种乐器一起演奏。

千古恨：指宋徽宗、宋钦宗被金人掳走的靖康之耻。

澄清：见《后汉书·党锢传·范滂》："滂登车揽辔，慨然有澄清天下之志。"

磻溪：指姜太公在磻溪垂钓，遇周文王而拜相的故事。

傅岩：相传傅说原是傅岩地方的一个筑墙的奴隶，后成了商王武丁重用的大臣。

林处士：林逋，北宋人，隐居西湖孤山三十年，养鹤种梅。比喻那些不问国事的清高之士。

简析

上片直接揭露了宋室南渡后统治阶级在西子湖上歌舞升平、醉生梦死的生活。词人由眼前所见遥想早已沦亡的中原故土。北宋已矣，花石尽矣，如今只剩下了渺渺烟雾中的黍离之地。历史的教训是如此惨痛，然而如今连在新亭哀叹河山变色而一洒忧国忧时之泪的人也找不到了。最后词人故意用诘问语气问"千古恨，几时洗"，其实是悲愤于在这样的统治者之下，靖康国耻永无洗雪之日。

下片前三句转写人才不被重用的愤懑之情。作者在这里自比范滂，用姜子牙、傅说两人的典故说明国势危殆，统治阶层不用人才，凭什么来抵御强大的蒙古军队。朝廷不依靠人才，只凭借长江天险，甚至还可笑地说是“江神堪恃”。这里再一次对当权者进行了无情的嘲讽。朝廷重臣糊涂，像林逋那样自命清高的士大夫又能如何。问他们救亡之事，他们却顾左右而言他。作者对这些人深表不满，最后发出一句无可奈何的感叹：“天下事，可知矣！”

背景

这首词是宋末元初（1253）时词人登科后和同年进士一同游览西湖时所作。

名家点评

〔清〕王雨谦：宋室君臣不以精神注燕汴，而注之一湖。

吴文英

吴文英（约1200—1272），字君特，号梦窗，晚年又号觉翁，四明（今浙江宁波）人。原出翁姓，后出嗣吴氏。《宋史》无传。晚年一度客居越州，先后为浙东安抚使吴潜及嗣荣王赵与芮门下客，后“困踬以死”。有《梦窗词集》一部，存词340余首，分四卷本与一卷本。其词作数量丰沃，风格雅致，多酬答、伤时与忆悼之作，号“词中李商隐”。而后世品评却甚有争论。

可怜此夕看梅花

思佳客·癸卯除夜

宋·吴文英

自唱新词送岁华。鬓丝添得老生涯。十年旧梦无寻处，几度新春不在家。

衣懒换，酒难赊。可怜此夕看梅花。隔年昨夜青灯在，无限妆楼尽醉哗。

注释

十年：是计整数，并非确数。吴文英从宋理宗绍定五年（1232）到苏州仓幕，已有11年了。

简析

上片开头首句介绍了词人在癸卯除夕守岁之时，作词用来辞旧迎新。接着感叹自己的双鬓又添白发，而仍旧羁旅在外。“十年”两句感叹旧梦难寻，往事不可追，痛惜多年无法在新春时节陪在家人身边。

下片“衣懒换”三句，写自己生活潦倒，又生性疏狂，那怎么办呢？只好折来些梅枝，用赏花来度过这漫漫除夕之夜。“隔年”两句，此时除夕已过，新的一年开始，但词人面对的仍是那盏照明用的孤灯，而外面的高楼却传来了酒醉后人们的喧哗声。作结两句的强烈贫富差，是词人对这个不公平社会的一种无声控诉。

背景

宋理宗淳祐三年（1243），吴文英44岁，在苏州除夕之夜写的这首词。

名家点评

刘永济：此词“十年旧梦”二句，足证梦窗居苏十余年中曾因事离去。“十年”举成数也。歇拍二句，与姜夔《鹧鸪天·元夕不出》词歇拍句“卧听邻娃笑语归”，同是以他人之欢，形自己之戚。因“衣懒换，酒难赊”，故对梅花便觉可怜也。又姜夔《鹧鸪天·丁巳元日》词，有“慵对客，缓开门。

梅花间伴老来身”之句，与吴氏“衣懒换”三句，语意俱同。（《微睇室说词》）

春风无定落梅轻

醉桃源·元日

宋·吴文英

五更枥马静无声。邻鸡犹怕惊。日华平晓弄春明。暮寒愁翳生。

新岁梦，去年情。残宵半酒醒。春风无定落梅轻。断鸿长短亭。

注释

元日：即正月初一。

枥马：拴在马槽上的马。

日华：太阳的光华。

断鸿：失群孤雁。

简析

上片是简单概括词人在正月初一这一天的感受，以及心情的变化。“五更”两句，写新年的凌晨，马槽里的马安静地休息着，邻家的打更鸡也不再打鸣，像是怕惊醒人们的好觉似的，万籁俱寂。“日华”两句，概述这一天的变化。天刚刚亮的时候，太阳出来了，似乎春天也来临了，万物开始复苏，然而到了傍晚的时候，残寒侵体，又使人感到了一种无名的忧愁。

下片叙述词人孤身度日的无聊生活。“新岁梦”三句，写词人由醉至醒的过程。元旦清晨的好梦，是对去年的眷恋之情，而在除夕夜酒醉的自己，过了一夜如今也已半醒过来。“春风”两句是讲酒醒后的见闻：和煦的春风轻轻地将梅花瓣吹到地面，突然从驿亭那边传来孤雁的几声凄鸣声，不由得使人感到了一种孤独中的悲哀。

背景

吴文英一生未第，终身游幕，这是他在正月初一所作的词。

酹入梅根，万点啼痕暗树

扫花游·西湖寒食

宋·吴文英

冷空淡碧，带翳柳轻云，护花深雾。艳晨易午。正笙箫竞渡，绮罗争路。骤卷风埃，半掩长蛾翠妩。散红缕。渐红湿杏泥，愁燕无语。

乘盖争避处。就解佩旗亭，故人相遇。恨春太妒。溅行裙更惜，凤钩尘污。酹入梅根，万点啼痕暗树。峭寒暮。更萧萧、陇头人去。

注释

翳：本为羽毛制成的车盖，为古代天子乘舆上所用，俗称羽葆幢。此处用为遮蔽意。

乘盖：即乘轿。

旗亭：即市楼，这里引作酒楼。

凤钩：手臂。古人称卷起衣袖，露出手臂为“钩袒”。“钩”，也指手。

酹：洒酒于地以表祭奠。

简析

上片刻画了西湖寒食的晴雨景观。“冷空”三句，寒食清晨游西湖的所见。“艳晨”三句，概绘了当时西湖寒食游人踏青的盛况。词人对西湖繁华晴日的描述，是作为伏笔来与下面的雨境狼藉成强烈对比。“骤卷”五句，转写雨中情景。

“乘盖”三句承上。词人在湖旁的酒楼里与老朋友不期而遇，于是就解下身上的玉佩换酒待友。“恨春”三句，春的嫉妒心作怪下了一场大雨，不但打湿了游春女子的罗裙，也使她们的双足沾满了尘土。“酹入”两句，想象春雨是酒，浇灌在梅根中，而绵绵不绝的雨点遮住了梅林。“峭寒暮”两句，说到了晚上寒意更重，有人在寒风中离去时吹《陇头曲》。这是说游湖的人在临傍晚时渐渐离去的情景。

背景

寒食清晨游西湖的所见。

名家点评

陈洵：不过写春阴变雨耳。“骤卷风埃”，从轻云深雾一变。“红湿杏泥”，从冷空淡碧一变。却用“笙箫”二句横空一断，从游人眼中看出，带起下阕。“艳晨易午”，“恨春太妒”，

是通篇眼目。天气既变，人情亦乖，奈此良辰美景何，极浓厚深挚。(《海绡说词》)

瘦倚溪桥梅夜寒

一剪梅·赠友人

宋·吴文英

远目伤心楼上山。愁里长眉，别后峨鬟。暮云低压小阑干。教问孤鸿，因甚先还。

瘦倚溪桥梅夜寒。雪欲消时，泪不禁弹。剪成钗胜待归看。春在西窗，灯火更阑。

注释

峨鬟：高高的环形发髻。

钗胜：即花胜，妇女头上的饰物。

阑：尽也。

简析

上片是写伊人登楼观景而思念离人。首三句写伊人因为友人的离去而登楼远眺，不觉悲从中来，双眉紧锁，云鬟不梳。末三句，伊人触景生情，看到笼罩在小楼栏杆上的暮云，见到天空中飞过的孤雁，怨愤地问孤雁为什么独自归来，以此发泄心中的悲愁。鸿雁本来是传递音信的候鸟，现在却没有带来离人的信息，更没有陪他而归，所以不能不怨愤。

下片设想伊人盼郎归的情景。首三句是说伊人思念离人而日渐消瘦，但依然每天去溪桥边斜倚着梅树盼郎归来。她一直盼，直盼到寒雪消融，仍不见郎君归，所以不由得流下泪，因为抑制不住心里的悲伤。末三句承上面的盼郎归。“西窗灯火”，化用李商隐《夜雨寄北》诗中“何当共剪西窗烛”的句意。在这里是说伊人将梅枝剪成头饰，欲待爱人归来后，可以在西窗下和他挑灯共同欣赏，直至夜更深。

黄　昇

黄昇，生卒年不详，字叔旸，号玉林，又号花庵词客，建安（今属福建建瓯）人。不事科举，性喜吟咏。以诗受知于游九功，与魏庆之相酬唱。著有《散花庵词》，编有《绝妙词选》20卷，分上下两部分，上部为《唐宋诸贤绝妙词选》，10卷；下部为《中兴以来绝妙词选》，10卷。附词大小传及评语，为宋人词选之善本。后人统称《花庵词选》。

我念梅花花念我，关情

南乡子·冬夜

宋·黄昇

万籁寂无声，衾铁棱棱近五更。香断灯昏吟未稳，凄清。只有霜华伴月明。

应是夜寒凝，恼得梅花睡不成。我念梅花花念我，关情。起看清冰满玉瓶。

注释

霜华：霜花。

玉瓶：瓷瓶的美称。

简析

上片写夜寒苦吟之景状。“棱棱”二字，指被子硬得好像有棱角一般，以示被子是冷冷冰冰的。接着词人看向室内：炉中沉香已燃尽，灯光昏暗，孤冷凄清。最后词人又转向室外：窗外只有霜花陪着明月。“吟未稳”者，指吟诗尚未寻得合适的句子。

下片词人从自己的“吟未稳”联想到梅花的“睡不成”。孤寂寒冷夜，词人却为梅花“睡不成”而烦恼。接下来的两句点明他念着梅花，梅花也念着他。结句跟以上两句不可分割。因为词人牵挂着寒夜中的梅花，于是不顾寒冷起床，看到玉瓶中的水已结成了冰。词人在词中丝毫未提及梅花最后如何了，留下了很大的想象空间。

韩　嘐

韩嘐，生卒年不详，字子耕，号萧闲，有《萧闲词》一卷，不传。共存词6首。赵万里有辑本。

掩清尊、多谢梅花，伴我微吟

高阳台·除夜

宋·韩嘐

频听银签，重燃绛蜡，年华衮衮惊心。饯旧迎新，能消几刻光阴？老来可惯通宵饮？待不眠、还怕寒侵。掩清尊、多谢梅花，伴我微吟。

邻娃已试春妆了，更蜂腰簇翠，燕股横金。勾引东风，也知芳思难禁。朱颜那有年年好，逞艳游、赢取如今。恣登临、残雪楼台，迟日园林。

注释

银签：指的是古时一种计时的器具，即漏刻中的标签。

绛蜡：指红蜡烛。

衮衮：连续不断地流动。此指时光匆匆。

饯：辞。

尊：同“樽”。

蜂腰：与下句“燕股”都为“邻娃”的节日装饰，剪裁为蜂为燕以饰鬟。

翠：翠钿，即翡翠做的花。

恣：随意，无拘束。

迟日：春日。

简析

“频听银签”，一个“频”字，可见已多次听那银签落下的声音，说明夜已深。“重燃绛蜡”一句，是说除夕夜的红烛一支燃尽，就赶紧接着点上另一支。一个“重”字，将时光的流逝和词人心中的慨叹准确地表现了出来。“衮衮”二字，继以“惊心”，笔力惊人，以示时光流逝之快。接着写通宵守岁已觉勉强，想要守岁又怕寒气袭人，词人心存犹豫。几番无奈，词人放下酒杯，最后决定与梅花作伴。

下片忽然转向写邻家少女。当此节日良宵，少女们为迎新岁，已换上了春衣，衣冠济楚，装扮首饰。写除夕守岁迎新，先写女儿家的装扮。词人接着想象东风也被少女的新妆之美勾起了兴致，故而暗地安排了艳阳的光景。这样，词人这才归纳主旨。朱颜哪能年年都好，趁着现在的大好时光，尽情地游赏春光，从残雪未消的楼台到春日园林。

背景

此词当作于韩嘐晚年时期的一个除夕。

名家点评

〔清〕况周颐：此等词语浅情深，妙在字句之表，便觉刻意求工，是无端多费气力。(《蕙风词话》)

詹 玉

詹玉，生卒年不详，字可大，号天游。至元间历除翰林应奉、集贤学士，为桑哥党羽。桑哥败，为崔彧劾罢（见《元史·崔彧传》）。著有《天游词》一卷。主要作品有《齐天乐·送童瓮天兵后归杭》《汉宫春》《桂枝香》《多丽》《三姝媚》《渡江云》等。

再折柳穿鱼，赏梅催雪

齐天乐·送童瓮天兵后归杭

宋·詹玉

相逢唤醒京华梦，吴尘暗斑吟发。倚担评花，认旗沽酒，历历行歌奇迹。吹香弄碧，有坡柳风情，逋梅月色。画鼓红船，满湖春水断桥客。

当时何限俊侣，甚花天月地，人被云隔。却载苍烟，更招白鹭，一醉修江又别。今回记得。再折柳穿鱼，赏梅催雪。如此湖山，忍教人更说。

注释

兵后：指元兵攻破南宋都城杭州以后。

吴尘：吴地的风尘。

吟发：指词人的头发。

认旗沽酒：化用白居易《杭州春望》“青旗沽酒趁梨花”诗意。

坡柳风情：用苏轼的典故。苏轼曾两度在杭州做官，在西湖中修建了一条长堤，把西湖分为里湖和外湖两部分，并在长堤上种花植柳，建置桥亭，后来堤桥成市，歌舞鼎沸，成为西湖繁华热闹的场所。

逋梅月色：用林逋的典故。林逋隐居西湖孤山，种梅养鹤。

苍烟：苍茫的云雾。

修江：即修水，在今江西省境内。

简析

上片写杭州和西湖的景色。前两句，饱含词人的沧桑之慨。接着“倚担”三句，写了令人难以忘怀的三件趣事：“倚担评花”“认旗沽酒”“行歌奇迹”。然后由杭州景色转写西湖胜景。作者先写花草树木的色彩与香味，便已在人们面前展现了一幅生机勃勃的景象。“坡柳风情”“逋梅月色”两个用典，使如画的西湖风光更富有浓郁的诗意，融进了词人的精气神。

下片笔锋转向回忆过往之事。都城破后，江南依旧景物宜人，但时局已换，友人一个个离开。“却载”二字由“当时”写到眼前：在国破家亡之际，只得过一种苍烟为伴、鸥鹭为友的隐居生活。此番欣逢故人，举杯畅饮，然而转眼间又要在长江边分别。“又别”感慨相聚太短暂。接着的“今回”三句，词人推想西湖美景在战后应该还会依旧。在此一别，词人希望友人不要忘记去“折柳穿鱼，赏梅催雪”。结尾的“如此”二句更蕴含着一种兴亡之感和家国之恨。

背景

南宋德祐二年（1276），元将伯颜攻占临安之后。此时，詹玉的朋友童瓮天要返回杭州，词人作了这首词送别。

名家点评

〔明〕杨慎：詹天游以艳词得名，见诸小说。其《齐天乐·送童瓮天兵后归杭》云：“相逢唤醒京华梦，吴尘暗斑吟发。倚担评花，认旗沽酒，历历行歌奇迹。吹香弄碧，有坡柳风情，逋梅月色。画鼓红船，满湖春水断桥客。当时何限俊侣，甚花天月地，人被云隔。却载苍烟，更（此字原脱，王幼安据元《草堂诗余》补）招白鹭，一醉修江又别。今回记得。再折柳穿鱼，赏梅催雪。如此湖山，忍教人更说。”此伯颜破杭州之后也。观其词全无黍离之感，桑梓之悲，而止以游乐言。宋末之习，上下如此，其亡不亦宜乎。童瓮天失其名氏，有《瓮天脞语》一卷传于今云。天游又有《清平调》云：“醉红宿翠。髻亸乌云坠。管甚夜来不得（此字原脱，王幼安据《金谷遗音》补）睡。那更今朝早起。东风满搦腰肢。阶前小立多时。却恨一番新雨，想应湿透鞋儿。”盖咏妓诉状立厅下也。又见《石次仲集》。(《词品》卷五)

吕渭老

吕渭老，生卒年不详，一作吕滨老，字圣求。宣和、靖康年间在朝做过小官，有诗名。南渡后情况不详。赵师岌序其词云："宣和末，有吕圣求者，以诗名，讽咏中率寓爱君忧国意。""圣求居嘉兴，名滨老，尝位周行，归老于家。"今存《圣求词》一卷。

瘦一枝梅影，回首江南路远

选冠子·雨湿花房

宋·吕渭老

雨湿花房，风斜燕子，池阁昼长春晚。檀盘战象，宝局铺棋，筹画未分还懒。谁念少年，齿怯梅酸，病疏霞盏。正青钱遮路，绿丝明水，倦寻歌扇。

空记得、小阁题名，红笺青制，灯火夜深裁剪。明眸似水，妙语如弦，不觉晓霜鸡唤。闻道近来，筝谱慵看，金铺长掩。瘦一枝梅影，回首江南路远。

注释

霞盏：即霞杯、酒杯。代指美酒。

青钱：比喻色绿而形圆之物，如榆叶、萍叶、苔点等。

歌扇：歌舞时所用之扇。这里指代歌舞。

红笺：一种精美的小幅红纸，多做名片、请柬或题诗词用，这里是指后者。

青制：用墨笔书写之意。

裁剪：这里指对诗文的润饰加工。

金铺：门上兽面形铜制环钮，用以衔环，这里代指门。

简析

上片的前二句是主人公从楼阁上望见的景色：花儿被雨打湿，燕子被风吹得斜斜地飞。此景给闷在楼阁上的主人公更添烦闷。接下来至上片结束，分三步写主人公的倦怠与懒散。首先写下棋。下棋的目的是排遣烦闷，以度过漫长的白天，可是在尚未分出胜负之时就懒得再下了。其次写饮酒。青梅煮酒是晚春独特的活动。可是，主人公却怯于品尝梅酸，病恹恹地疏远了美酒。最后写主人公来到室外的所见。此时天已晴了，掉落的叶子遮住了道路，碧绿的枝条轻拂着明净的池水，可是主人公却没有心情去听歌观舞。

下片前半回忆往昔和心上人相聚时的欢乐，后半想象对方思念自己的情况。当初二人在小楼上，用精美的纸写诗，签上名，并在灯光下共同对诗润饰加工直到深夜。接着自然想到心上人的面容，“明眸似水”，写她的眼睛似水般明净；“妙语如弦”，写她说话似唱歌般美妙动听的声音。但这一切都是“空”的，因为他们最后还是分开了。接下来词人写对方情况，听说她近来懒于看筝谱，不接待客人，表明心上人亦正为相思所苦。结尾二句把心上人的倩影比喻为梅，虽瘦却风韵依然，也写出了心上人的高洁品格。想象着心上人现在的情况，恨不得立即回到她身边，无奈相隔千里。

周　纯

周纯，字忘机，成都华阳（今四川华阳）人。后依解潜，久留荆楚，故亦自称楚人。少为浮屠。蹈冠游京师，以诗、画为佛事，都下翕然知名，士大夫多与之游。而王寀最与相亲。寀会朝士，大尹盛章在焉。

梅花韵似才人面，为伊写在春风扇

菩萨蛮·题梅扇

宋·周纯

梅花韵似才人面，为伊写在春风扇。人面似花妍，花应不解言。

在手微风动，勾引相思梦。莫用插酴醾，酴醾羞见伊。

注释

才人：此处指美女。

妍：美好。

酴醾：花名。

简析

上片写词人拿着扇子，观看扇上的画而思念意中人的心理活动，以扇上的梅花与伊人相比较，表露对伊人的爱恋之情。伊人的面貌就像梅花一样美，但是梅花却不能懂人的语言。这里用梅花衬托人，用解语花比喻美人。意思还是借花赞人，而且人比花好，因为人能解语。总之是花不如人，人胜于花，突出伊人在词人心目中的崇高性。

下片写词人拿着扇子摇动时因风遐想的心理活动，进一步表露自己的一片深情。“微风”，与上片“春风”相对应，春风温暖柔和，容易让人产生爱抚怜惜之意，勾起相思。这里主要是用酴醾花来衬托梅花、突出伊人，表露为之倾慕的情意。

蒋 捷

蒋捷（约1245—1305），字胜欲，号竹山，南宋词人，宋末元初阳羡（今江苏宜兴）人。先世为宜兴巨族，咸淳十年（1274）进士。南宋亡，深怀亡国之痛，隐居不仕，人称“竹山先生”“樱桃进士”，其气节为时人所重。长于词，与周密、王沂孙、张炎并称“宋末四大家”。

都道无人愁似我，今夜雪，有梅花，似我愁

梅花引·荆溪阻雪

宋·蒋捷

白鸥问我泊孤舟，是身留，是心留？心若留时，何事锁眉头？风拍小帘灯晕舞，对闲影，冷清清，忆旧游。

旧游旧游今在否？花外楼，柳下舟。梦也梦也，梦不到，寒水空流。漠漠黄云，湿透木棉裘。都道无人愁似我，今夜雪，有梅花，似我愁。

注释

身留：被雪所阻，身体迫不得已留下来。

心留：心甘情愿留下来。

灯晕舞：昏暗的灯光摇晃不定。

旧游：指昔日一起游玩的朋友，以及游玩时的情景。

漠漠：密布，布满。

黄云：指昏黄的天色。

裘：毛皮衣服。

简析

上片开端以白鸥发问引出下文。但词人并没有正面回答这个问题，以问而未答的方式借白鸥之口说出答案——若是心甘情愿留下，又怎么会紧锁眉头。“冷清清”散发着孤独之感，至此词人开始回忆往昔。

下片还是提问开始，紧承上片的“忆旧游”。回忆总是美好的，但“梦也”几句把词人拉回到现实。这个感觉不仅让人的身体顿觉寒冷，而且侵袭着人的内心。最后三句，词人自比梅花，进一步烘托他的凄凉心境。今夜飞雪，梅花也难熬，与词人一样愁苦。

背景

南宋灭亡后，蒋捷开始颠沛流离的逃亡生活，一个冬天，他乘舟沿荆溪而行，途中为雪所阻，于是写了这首词。

名家点评

〔清〕毛晋：竹山词语语纤巧，字字妍倩。(《竹山词跋》)

刘辰翁

刘辰翁（1233—1297），字会孟，别号须溪。庐陵灌溪（今江西省吉安市吉安县梅塘乡小灌村）人，南宋末年著名的爱国词人。他一生致力于文学创作和文学批评活动，为后人留下了可贵的丰厚文化遗产。作词数量位居宋朝第三，仅次于辛弃疾、苏轼。代表作品《兰陵王·丙子送春》《永遇乐·壁月初晴》等。

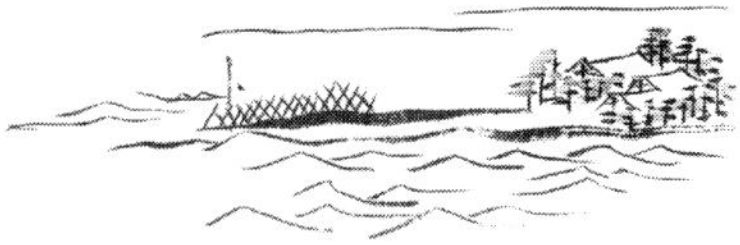

当时月，照人烛泪，照人梅发

忆秦娥·中斋上元客散感旧

元·刘辰翁

中斋上元客散感旧，赋《忆秦娥》见属，一读凄然。随韵寄情，不觉悲甚。

烧灯节，朝京道上风和雪。风和雪，江山如旧，朝京人绝。

百年短短兴亡别，与君犹对当时月。当时月，照人烛泪，照人梅发。

注释

中斋：即邓剡，号中斋。词人的好友。

见属：赠送。

烧灯：燃灯。正月十五夜各处挂出花灯。

烧灯节：即元宵节。

朝京：通往京城的路。

梅发：指花白的头发。

简析

上片触景生情，写上元节的凄凉景象。南宋都城临安，上元节时多繁华热闹，可如今风雪交加。“风和雪”，在这里象征着元蒙统治下的严酷气氛。“江山如旧”的“如”字蕴含了深哀大痛；“朝京人绝”的“绝”字又寄寓着故都易主的深仇大恨。

下片抒发物是人非、怀念故国的悲苦心情。“百年”二句，承上生发，直抒胸臆。人生不过百年，还要经受国破家亡的深哀大痛。此时的词人只能和好友面对故国的明月感怀寄情。一个“犹”字，既表达了永念故国的深情，也流露出无可奈何的悲凉心境。两个“当时月”，着意强调了词人的爱国之心和对元蒙统治的强烈厌恶。

背景

这是刘辰翁于宋亡之后写的一首小令。当时，邓剡于上元节聚客叙旧，客散之后写了一首《忆秦娥》赠给刘辰翁，刘辰翁就写了这首步韵的和作。

关汉卿

关汉卿（约1234—约1300），“汉卿”是字，号已斋（一斋、已斋叟），汉族，解州（今山西省运城市）人，另有籍贯大都（今北京市）和祁州（今河北省安国市）等说。元杂剧奠基人，“元曲四大家”之首，与白朴、马致远、郑光祖并称为“元曲四大家”。以杂剧的成就最大，今知有67部，现存18部，最著名的是《窦娥冤》。

瘦损江梅韵，那里是清江江上村

大德歌·冬

元·关汉卿

雪纷纷，掩重门，不由人不断魂！瘦损江梅韵，那里是清江江上村！香闺里冷落谁瞅问？好一个憔悴的凭栏人。

注释

断魂：形容人极度悲伤。

江梅：暗用梅妃之典。梅妃，唐玄宗的妃子，本姓江，因爱梅，玄宗赐名梅妃。

那里：即哪里。

简析

这支小令多半内容反映的是闺中少妇绝望的心情。开头两句点明季节是年冬腊月，大雪纷飞，远行人不能归来，少妇为之心碎。第四句以梅妃的故事作比，表明少妇由于怀念远方丈夫而变得消瘦，失去了往昔的风韵。第五句是化用辛弃疾《菩萨蛮·书江西造口壁》“郁孤台下清江水，中间多少行人泪”词句的意境，进一步表现少妇的孤寂与悲痛之情。第六句是少妇发出的无可奈何的慨叹。

最后一句，冒雪凭栏遥望远方归人。“好”字语义双关，一是修饰“憔悴”，有“很”“太”等意；二是寄寓着作者深厚的同情，但更多的是赞赏之意。此句一扫上文表现的绝望情绪，显示出一个少妇对爱情的执着和坚强的性格。

背景

“大德”是元成宗的第二个年号，据此可知这首小令当作于大德（1297—1307）年间。

王　旭

王旭，生卒年不详，字景初，东平（今属山东）人。至元、大德年间前后在世，元代词人。

王旭与王构、王盘以文章有名，世称“三王”。著有《兰轩集》20卷，原本不传。清人从《永乐大典》中辑为《兰轩集》16卷，收入《四库全书》。《四库提要》评价说：“其诗随意抒写，不屑于雕章琢句，而气体超迈，亦复时见性灵。”

雪花全似梅花萼

踏莎行·雪中看梅花

元·王旭

两种风流，一家制作。雪花全似梅花萼。细看不是雪无香，天风吹得香零落。

虽是一般，惟高一着。雪花不似梅花薄。梅花散彩向空山，雪花随意穿帘幕。

注释

风流：风度、标格。

一家制作：意指雪和梅都是大自然的产物。

萼：花萼，这里指的是花瓣（因押韵关系用“萼”字）。

着：等次。

散彩：放射出光彩。

简析

词人不是单独咏雪或梅，而是同时赞扬它们。雪与梅，各有高低，又各有所长。

上片具体来看，梅雪争春，异中寻同。这里，雪花仿佛是梅花的花瓣，但是梅花还有香，所以雪花有梅之形，却输在了一段香。词人知道雪花原本没有香气，但仍想象它的香气是被狂风夺走了。这既是替雪花找托词，又进一步展示了梅花的风采。

雪、梅看似一样，但梅花其实更高一着。下片这里是写二者终有高下的现态。雪花的“不似”，表现它略逊一筹。尽管梅花用自己的光彩装点空山，但是雪花肆意飞向了人们的身边。美丽的雪花，不卑不亢，与梅花互补，恬淡中显示雪花的美丽。

背景

早春时期，王旭外出游玩，途中观赏到梅花与雪花，因而兴致大发，于是写下了这首词。

张可久

张可久（约1270—约1350），字小山（《录鬼簿》）；一说名伯远，字可久，号小山（《尧山堂外纪》）；一说名可久，字伯远，号小山（《词综》）；又一说字仲远，号小山（《四库全书总目提要》），庆元（治所在今浙江宁波鄞州区）人，元朝著名散曲家、剧作家，与乔吉并称“双璧”，与张养浩合为“二张”。现存小令800余首，为元曲作家最多者，数量之冠。

梅花浑似真真面，留我倚阑杆

人月圆·雪中游虎丘

元·张可久

梅花浑似真真面，留我倚阑杆。雪晴天气，松腰玉瘦，泉眼冰寒。兴亡遗恨，一丘黄土，千古青山。老僧同醉，残碑休打，宝剑羞看。

注释

虎丘：山名，在今苏州市郊。相传春秋时吴王阖闾埋葬在这里，三天后有一白虎蹲在山上，因此名“虎丘”。

真真面：指美女的面容。

青山：这里指虎丘。

打：拓。古时有人以拓碑文为生，所拓碑纸售于市。

简析

该曲抒写雪中游虎丘的所见所感。

小令可分三部分，开头五句写虎丘雪后的美丽景色。“真真面”把梅花比喻成美女，既写出了梅花高洁的风姿，又写出了其淡泊的神韵。“玉”“冰”紧扣雪字来写。“泉眼”为现有的词语，而“松腰”是作者精选出的词语，但并不显生硬。后半部分抒发作者对国家盛衰兴亡、变化无常的感慨。“一丘黄土，千古青山”，曾经纵横天下、创下丰功伟绩的吴王阖闾，如今只留下这黄土坟丘，而虎丘的青山千古不变，委婉地说明人生短暂、万物不变这一哲理。这是第二部分。最后三句是第三部分，“同醉”“休打”“羞看”三词写老和尚也被美景所陶醉，不去拓残破的古碑，不去欣赏剑池的景观，表现作者陷入对宇宙与人生的思索之中，对周围的一切都不感兴趣了。

背景

据考，张可久去过虎丘两次：一是大德末年，他20多岁时曾游吴中；二是他至正初年，70多岁时曾为昆山幕僚。从该篇表达的情绪来看，晚年这次似更符合。

唐 寅

唐寅（1470—1523），字伯虎，号桃花庵主、六如居士等，自称江南第一才子。明代著名画家。江苏吴县（今江苏苏州）人。诗文多以游记、题画、感怀为主。流露放荡不羁、清高孤傲的心态，对世态炎凉也多有感慨。清人辑有《六如居士全集》。

姑苏城外一茅屋，万树梅花月满天

把酒对月歌

明·唐寅

李白前时原有月，惟有李白诗能说。
李白如今已仙去，月在青天几圆缺？
今人犹歌李白诗，明月还如李白时。
我学李白对明月，白与明月安能知！
李白能诗复能酒，我今百杯复千首。
我愧虽无李白才，料应月不嫌我丑。

我也不登天子船，我也不上长安眠。
姑苏城外一茅屋，万树梅花月满天。

注释

李白诗：李白《把酒问月》一诗。

天子船：指杜甫《饮中八仙歌》中咏李白的诗句“天子呼来不上船”。

长安眠：指杜甫《饮中八仙歌》中咏李白的诗句“长安街上酒家眠”。

简析

这首诗通过歌咏李白并引以自况。

李白一生爱月，留下诸多脍炙人口的咏月诗。这首诗一开始就以孤傲不羁的口气独尊李白的明月诗。而这首《把酒对月歌》主要受李白诗篇句调的影响，但作者在诗中把李白加进去与明月反复对举。“李白如今已仙去，月在青天几圆缺？”月有阴晴圆缺，而诗仙却不能复生。接着说“今人犹歌李白诗，明月还如李白时”，表明自己并不遗憾，因为李白和明月一样永存。

“我学李白对明月，白与明月安能知？”李白不能知，但明月能知。于是作者引李白自况：“李白能诗复能酒，我今百杯复千首。”敢自比李白，这也是李白的风骨，有胆量，有自信，但并非狂妄。“我愧虽无李白才，料应月不嫌我丑”，表现作者的不卑不亢。这种不卑不亢的自负之语，不仅不会让人反感，反而更易接受。简单地说，作者的意思是我佩服李白，但不逊于其他人。

“我也不登天子船，我也不上长安眠”源自杜甫《饮中八仙歌》：“李白一斗诗百篇，长安市上酒家眠。天子呼来不上船，自称臣是酒中仙。”这里是说，我虽然没有像李白一样得到皇帝的征诏，但有和他一样的豪放不羁，不登天子船，不上长安眠。

这首诗表明了作者学习李白追求自由、反抗权势的精神。

背景

唐伯虎科考失意，落拓半生，于明武宗正德二年（1507）在苏州城内桃花坞筑桃花庵别业，日日与好友祝允明、文徵明等在其中饮酒自乐。其间，作此歌言志。

柳如是

柳如是（1618—1664），明末清初女诗人，本名杨爱，字如是，又称河东君，因读宋朝辛弃疾《贺新郎》中“我见青山多妩媚，料青山见我应如是”，故自号如是。浙江嘉兴人。与马湘兰、卞玉京、李香君、董小宛、顾横波、寇白门、陈圆圆同称“秦淮八艳”。后嫁有“学贯天人”“当代文章伯”之称的明朝大才子钱谦益为侧室。

待约个梅魂，黄昏月淡，与伊深怜低语

金明池·咏寒柳

明·柳如是

有怅寒潮，无情残照，正是萧萧南浦。更吹起，霜条孤影，还记得，旧时飞絮。况晚来，烟浪斜阳，见行客，特地瘦腰如舞。总一种凄凉，十分憔悴，尚有燕台佳句。

春日酿成秋日雨。念畴昔风流，暗伤如许。纵饶有，绕堤画舸，冷落尽，水云犹故。忆从前，一点东风，几隔着重帘，眉儿愁苦。待约个梅魂，黄昏月淡，与伊深怜低语。

注释

霜条孤影：柳树经霜后的残条孤影。

燕台：原指燕昭王延揽天下贤士的黄金台。此处喻指几社文人雅集赋诗的地方。

畴昔：过去，以前。

简析

上片明着写柳树，实际是写词人一生的遭际。开篇两句便让人感觉到阴冷萧条的气息。词人用“有怅”“无情”形容“寒潮”“残照”，借渲染柳树的生长环境，来感慨自己的凄凉处境。接着用一个“孤”字，为这凄凉的环境平添一丝孤独，写尽了词人孤独、无奈的心境。最后词人借柳自嘲，感慨流年，欲诉未诉。

下片的首句为之后的忆旧作铺垫。与陈子龙的短暂相识、相恋给词人暗淡的生活带来些许的慰藉，但同时也为以后带来了痛苦。“绕堤画舸”，表明了词人虽然身处烟花之地，却志向高洁、不愿折腰的心气。“东风”二字暗指昔日的恋人陈子龙，而“眉儿愁苦”则表现了词人因思念恋人而柔肠寸断的心绪。最后词人希望借“梅魂”传达自己深深的思念之情。

背景

这首词是柳如是自伤身世之作，当作于崇祯十二三年间。其时诗人已被迫离开感情甚笃的陈子龙，流落江湖。

名家点评

〔清〕谢章铤：居然作者，味其词，正有无数伤心处也。(《赌棋山庄词话》)

纳兰性德

纳兰性德（1655—1685），字容若，号楞伽山人，原名纳兰成德，一度因避讳太子保成而改名纳兰性德，清朝初年词人。其词以“真”取胜，写景逼真传神，词风清丽婉约，哀感顽艳，格高韵远，独具特色。著有《通志堂集》《侧帽集》《饮水词》等。

背立盈盈故作羞，手挼梅蕊打肩头

鹧鸪天·离恨

清·纳兰性德

背立盈盈故作羞，手挼梅蕊打肩头。欲将离恨寻郎说，待得郎归恨却休。

云澹澹，水悠悠，一声横笛锁空楼。何时共泛春溪月，断岸垂杨一叶舟。

注释

盈盈：女子举止、仪态美好。

挼：揉弄。

锁：形容笛声仿佛凝滞在楼中。

简析

上片追忆往日的见面情境，刻画女子娇羞的形象。“背立盈盈故作羞”的“盈盈”二字将词中女主人公的举止、仪态之美浓缩其中。“手挼梅蕊打肩头”，女子纤纤素手揉弄着梅蕊，抛向情郎肩头。后两句更是将嗔怪之情与娇羞之态表现得淋漓尽致、旖旎万分。

下片写实景，淡淡的云与悠悠的水，伴着笛声，更烘托出离恨的凄苦。一个“锁”字形容笛声不绝，仿佛凝滞。离别在即，相见无期，让人怎能不满心愁绪。结句以虚笔勾画了一幅春江月夜泛舟的美好画面，以此进一步抒发了离恨的凄苦，更衬得当下的离别之苦不堪忍受。

背景

这首词很可能是词人怀念自己的妻子卢氏而创作的。

名家点评

赵秀亭：性德词多用王彦泓诗中语，而每能化污为洁，转浊成清。其“手挼梅蕊打肩头”，即自次回“大将瓜子到肩头”出，然一雅致，一俗恶；一写闺中静好，一状楼头倡女，情趣高下，了然可见。性德偶有绮腻语，如“一晌偎人”云云，亦袭用前人而已，就其总体看，则有挚情而无滥欲，词品高华，固非彦泓可及。彦泓诗颇涉邪狎，境味尘下，少有佳章。余尝遍读其《疑雨》《疑云》，惟取其“阅世已知寒暖变，逢人真觉笑啼难”二句。(《纳兰丛话》)

斜倚画阑娇不语，暗移梅影过红桥

望江南·咏弦月

清·纳兰性德

初八月，半镜上青霄。斜倚画阑娇不语，暗移梅影过红桥。裙带北风飘。

注释

初八月：上弦月，即农历每月初七或初八前后的月亮。

青霄：晴朗的夜晚。

画阑：刻有画图的栏杆。

红桥：当指有雕饰的桥，或仅仅是对桥的雅称。

简析

初八的夜晚，上弦月斜挂天边，雕栏画栋在清辉之下寂寂无声，妻子斜倚在雕花的栏杆上，娇媚不语。这晴朗的夜空下出现的缥缈人迹，在还未来得及欣赏的时候又已渐远，梅枝摇曳，疏影横斜，暗香浮动。

最后一句来自唐朝李端《拜新月》一诗。李端诗中所写的是少女拜月的情态。诗中少女将心中许多无人可诉说的话寄托给明月。而这首词中的女子，内心也有相似的烦恼。其实，月明风清的夜晚，女子对月所思的不是忧愁就是祈盼，直接表达出来显得浅薄，现在只说女子月下独立，勾勒出思绪悠远，韵味更佳。

背景

这首词的写作时间不详。一天晚上，纳兰性德和妻子在月下说话，看见佳人倩影，心生怜爱之情，于是写下这首词。

郑板桥

郑板桥（1693—1765），清代官吏、书画家、文学家。名燮，字克柔，汉族，江苏兴化人。一生主要客居扬州，以卖画为生。“扬州八怪”之一。其诗、书、画均旷世独立，世称“三绝”，擅画兰、竹、石、松、菊等植物，其中画竹已50余年，成就最为突出。著有《板桥全集》。

檐流未滴梅花冻，一种清孤不等闲

山中雪后

清·郑板桥

晨起开门雪满山，雪晴云淡日光寒。
檐流未滴梅花冻，一种清孤不等闲。

注释

清孤：清冷孤高。

等闲：寻常，平常。

简析

“晨起开门雪满山，雪晴云淡日光寒”描绘了一幅清晨晴雪图。旭日东升，淡淡的白云，大地上银装素裹，天寒地冻。“檐流未滴”“梅花冻”运用烘托的手法，突出了天气的寒冷。“清孤不等闲”借梅花的傲骨风姿和坚强不屈，托物言志，含蓄地表现了作者清高坚毅的性格和束身自好的品质。

诗人由大雪过后的寒冷，写到自己身世的凄凉，看似写景状物，实则见景生情，将景和物交融在一起，感叹自己历经苦难的身世。

背景

作者出身贫寒，年轻时“为忌者所嘱不得入试”，曾流浪街头卖画，有时甚至靠乞讨度日，饱尝人间辛酸。这首诗就是作者在大雪过后见景生情所作。

名家点评

严迪昌：板桥诗毫无可“怪”之处，唯其从“正”的尺度绳衡之，乃属“变”且“俗”，既不古雅，又乏高华，更无含蓄温醇可言。少见则怪，在一片“真”气匮乏的习尚中，骤然吹来迥异的风，自不免有怪异感。

曹雪芹

曹雪芹（约1715—约1763），名沾，字梦阮，号雪芹，又号芹溪、芹圃，中国古典名著《红楼梦》作者，祖籍辽宁铁岭，生于南京，约13岁时迁回北京。曹雪芹出身清代内务府正白旗包衣世家，早年在南京江宁织造府亲历了一段锦衣纨绔、富贵风流的生活。素性放达，爱好广泛，对金石、诗书、绘画、园林、中医、织补、工艺、饮食等均有所研究。

偷来梨蕊三分白，借得梅花一缕魂

咏白海棠·林黛玉

清·曹雪芹

半卷湘帘半掩门，碾冰为土玉为盆。
偷来梨蕊三分白，借得梅花一缕魂。
月窟仙人缝缟袂，秋闺怨女拭啼痕。
娇羞默默同谁诉，倦倚西风夜已昏。

注释

湘帘：湘妃竹做的门帘。

月窟仙人：月宫的嫦娥。

袂：衣袖，亦指代衣服。

倦倚西风：为思念之意。

简析

首联“半卷”“半掩”写出了赏花人的含羞之态，与尾联的娇羞倦态相呼应。“冰玉”历来比喻花的素雅纯洁，这里把土和盆比喻为“冰”和“玉”，也是非同一般。

颔联指白净如同梨花，风韵可比梅花的白海棠。其实这也是黛玉对自己的写照，“偷来”“三分白”以梨花花蕊比喻白海棠的洁白，“借得”“一缕魂”以梅花比喻白海棠的高傲的品性。

颈联暗指了林黛玉的自我形象与心境。借月宫的嫦娥缝丧服，暗示林黛玉前世为绛珠仙草的薄命早夭。“拭啼痕”点出林黛玉以泪还债之意。

尾联写白海棠娇羞倦倚在夜晚的西风之中，寄托了林黛玉满腹忧伤却无处倾诉的凄凉心情。

背景

《红楼梦》第三十七回中大观园海棠诗社开社时，林黛玉所作的诗。

邓廷桢

邓廷桢（1776—1846），字维周，又字嶰筠，晚号妙吉祥室老人、刚木老人。汉族，南京人，民族英雄。祖籍苏州洞庭西山明月湾，清代官吏，鸦片战争名将之一，嘉庆六年进士，工书法、擅诗文，授编修，官至云贵、闽浙、两广总督，与林则徐协力查禁鸦片，击退英舰挑衅。有《石砚斋诗抄》等多部著作传世。

折梅花去也，城西炬火，照琼瑶碎

水龙吟·雪中登大观亭

清·邓廷桢

关河冻合梨云，冲寒犹试连钱骑。思量旧梦，黄梅听雨，危阑倦倚。披氅重来，不分明处，可怜烟水。算夔巫万里，金焦两点，谁说与，苍茫意？

却忆蛟台往事，耀弓刀、舳舻天际。而今剩了，低迷鱼艇，模粘雁字。我辈登临，残山送暝，远江延醉。折梅花去也，城西炬火，照琼瑶碎。

注释

大观亭：今江苏省扬州市瓜洲镇镇南城上的大观楼。

梨云：形容大雪。

连钱骑：古代名马，因其毛色深浅斑驳而称，此处为押韵而改，即指骏马。

算：反复、费神地寻思。

蛟台：蛟龙盘踞之台，这里当借喻虎门等地海边的炮台。

舳舻：首尾衔接的船只。

简析

本词开篇，关山河川，冰封万里，耸起的林木如同梨树白花满枝。词人冒雪跨马驰骋，也难掩胸中的不平之气。初到此地时，正值黄梅时节，词人倚靠栏杆，听着雨声，困倦不已。如今故地重游，烟水迷蒙，词人依然无法敞开胸怀。随后“算夔巫万里，金焦两点，谁说与，苍茫意？”反复地寻思远处长江中游的夔门、巫峡到近处长江下游的金山、焦山，神州大地，腹地受侵，而词人心中的忧思无人可诉。“算”字写出了词人得不到理解的悲哀和痛苦。其实这也是词人对当时社会现状的怨责。

“却忆蛟台往事，耀弓刀、舳舻天际”，词人追忆当年与林则徐在虎门协力禁烟，多次率领舰队抗击英国侵略者的往事。“耀”字表现出中华正义之师的威风与豪气，也体现了参与此壮举的词人的光荣感。然而这一切都已成为往事，如今眼前只剩下江上迷离的渔船和天边模糊的雁群，因为词人已被革职，远离了前线，不能再为国效力。此刻他只能站在大观亭上，凝望残山，送别黄昏，看着远处东逝的江水借酒浇愁。词人怀着满腔热情，却报国无门，这使他深感困惑，但不愿就此度过余生。词最后以踏雪折梅作结，就是向世人表明这样的夙愿，从而使主题得以进一步升华。

背景

这首诗具体写作年代不详，据词意，当是鸦片战争后回乡里时登大观亭所感而作。